* 倪瑞宏 著 *

仙女日常奇緣

藝術家倪瑞宏的女子妄想

* 大塊文化 *

名人推薦壹

「盡做些讓人不知道要說什麼好的事」

鄭進耀 aka 萬金油——記者、作家

★☆★☆★

仙女開的話題像是中毒的 Windows 系統，不斷開新視窗，每個視窗都是奇花異草，是大麻呼到鏘掉的愛麗絲夢遊仙境。

第一次見到「仙女」是2017年，她幫金曲獎做了過場動畫，怪異的風格有不錯迴響，我們在她的「仙窩」裡採訪，我不時為室內滿屋的「垃圾」而分心，她則像是個過動的少女，不時中斷採訪，自顧自地跑進房裡再拿出更多、更奇怪的垃圾往我面前擺。

這些垃圾有：一個正在做臉部按摩的女子（歪掉的）五官陶土作品、印尼買的鮮豔天鵝抱枕、二手色情雜誌、路邊撿來的北京狗娃娃（毛色是綠色和黃色，誰家的北京狗長這樣子，我見一次打一次）、高中時畫的習作（畫面是在捷運上推倒老人）。

另一個令人分心的焦點，是她身上刺青：桌燈、壁燈和蓮花燈。她說之後還要刺LED燈，自己的人生願望是開燈具店，因為很炫很美麗還會受人人注意。採訪很漫長，我們的攝影師已經在沙發上打瞌睡了，仙女開的話題像是中毒的Windows系統，不斷開新視窗，每個視窗都是奇花異草，是大麻呼到鏘掉的愛麗絲夢遊仙境。

我很喜歡她向我描述的幾個生活片段：小時候，媽媽送她去學打擊樂，她只對課堂上附送的黏土有興趣，別人在敲木琴，她坐在地上玩黏土，玩了一節課回家，媽媽要再送她去上課：「我姊、我妹都去了，只有我就躺在地上不動，怎樣就是不肯出門。」

不想做的事，就躺在地上不動，這是多麼棒的人生境界。

除了到鹿港參加仙女選拔，她還參加了彰化縣舉辦的「花 Young 仙子」選美賽。選美才藝表演，倪瑞宏表演射水槍，將顏料裝在水槍裡，向圖畫紙噴射出圖案。現場沒人看懂她在幹麼，只剩一片靜默，「連主持人也不知道要說什麼。」

不爽就躺在地上，好不容易不躺了，要幹些正事，卻盡做些讓人「也不知道要說什麼好」的事。

還有畢業後，到銀行存錢，櫃檯向她推銷金融產品，仙女說自己工作不穩定，沒有存款，謝絕了推銷。沒想到櫃檯小哥不放棄，追問：「沒錢就去工作啊，為什麼不工作？」水裡來火裡去的仙女，一時語塞，再想到自己窘迫的藝術家生活，悲從中來，差點就在櫃檯前落淚了。我聽了她的遭遇，無情地當場噴笑，怎會有這麼荒唐的事呢？

有時，我也分不清楚，究竟是人生本來就是荒唐，還是仙女本身就熱愛追逐荒唐事物，也許兩者都是。仙女曾向我展示一本過期的《花花公子》，那是當時的曖昧對象送她的禮物，她很激動：「這本出版的年份是我出生那一年，他真的懂我！是不是很有心？」為《花花公子》而激動的荒唐女孩兒，這世間也是少見。（最後，她並沒有跟送色情雜誌的男子交往，這部分屬於人生本質的荒唐。）

採訪之後，我們仍不時在臉書上聊各種垃圾話題。最近這一年，我們喜歡交換各種老A片資訊。仙女看A片也不同凡人，她仔細對劇中每位女主角做性格分析：「這個女生就是在裝忙，一直走來走去。」「這個角色有心理層次。」（誰這樣看A片的？）

她還注意A片的剪輯，比如有部老A片將男女做愛的鏡頭跟二隻鳥嬉鬧的畫面交錯剪接，她截了圖，傳給我：「這段很棒。」我回：「嗯，這大概就是蒙太奇了。」

她總是留意世間那些沒沒無聞的「落漆」角落，連看A片也不例外。肉體橫陳的A片裡，她卻能發現男女交歡的床頭有一個莫名其妙的擺飾娃娃。經她指出那隻鬼娃後，明明是A片卻突然詭異得像鬼片（也許性慾和鬼是同一件事）。仙女對畫面中的「鬼娃」一見鍾情，幾天之後，她告訴我，她畫了鬼娃，打算要放在書裡。

這一年多的A片同好之旅，鬼娃尚不是最荒唐的事。她在某處尋得一張更離奇的色情照：一個燙著花媽髮型的女子，雙手執蓮花指，雙腿盤坐在地上，一絲不掛，三點全露的裸照。我們隔著網路的二端，對著照片沉思許久，始終參不透，這照片到底是什麼意思？

最後，我有了這樣的心得：「我覺得妳家很像老A片的場景。」她沒反對，還表示贊同：「對欸，我家超適合80年代拍A片。」她傳來幾張和朋友在家仿80年代氣氛的照片，沒有裸露，沒有性暗示，卻充滿80年代的異色風情。仙女很喜歡許曉丹，在讀完她的傳記和畫冊後，有些感嘆告訴我：「如果我活在80年代，大概也會變成許曉丹了。」

那個山邊、80年代風情的異色公寓，應該就是倪瑞宏個人精神生活的展現。我一直覺得這裡很適合網路直播（而且要開在OnlyFans或是SWAG這類的色情平台），也許請許曉丹在公寓裡跳舞，或是拍賣海鮮（買花枝送「玉皇大帝何時來接我」毛筆字一幅），都是不錯的選擇。

名人推薦貳

「你可以不愛仙女，但仙女依舊愛你」

劉星佑——策展人、藝術家

★☆★☆★

仙女用肉身體驗的悲歡離合與喜怒哀樂，與你我並無二異，人不理財，財不理你，但你不愛仙女，仙女依舊愛你。

「這個藝術家怎麼這麼ㄎㄧㄤ啦！不是個 Gay 應該就是肖查某吧！」

永遠無法忘記第一次在台南藝術大學的校園內，看到倪瑞宏作品時的興奮之情，關於用紙，該不會窮到只能用攤開的廢紙盒來作畫吧?!關於用色，該不會是王樣水彩批發商吧?!滿滿的王樣色票！那種螢光系列的粉紅、草綠還有天空藍，人工到連空氣彷彿都有塑化劑。關於線條，那些不經意的分岔，與抖到不行的筆觸，不是我愛中華筆莊的忠實用戶，就是邊畫邊唱〈追追追〉吧！畢竟用生命唱的高音不保證高，用真愛嘶吼的氣不一定足。

上述都是筆者愛的告白，倪瑞宏作品給人的興奮，完全不同於在羅浮宮看到達文西的《蒙娜麗莎的微笑》，也不是梵谷博物館的《向日葵》可以比擬，即使是莫內的巨幅《睡蓮》也望塵莫及；一個人可以在美術館工作一輩子，但無法在展場生活超過24小時，藝術終究要回到生活才能長出血與肉，在生活中好好愛過一回，才能哭到脫妝，都美到很藝術。看著倪瑞宏的作品，才能體悟，原來「尷尬又不失禮貌的微笑」是要這樣笑，比向日葵還堅忍正向的其實是仙女的光明燈，而莫內的睡蓮再怎樣動人，也不及仙女的蓮花座，可以飛天遁地，可以普度眾生，如果遇到犯太歲，搭配光明燈，一年的心安，是千元有找的慈悲價。

筆者從事獨立策展與藝評書寫，但更多的趣味性與啟發性往往來自藝術家本身，倪瑞宏的啟發是天女散花，有緣人接到之後，還能散發滿滿的芬芳。在《午後的婦女時光》一展中，難得可以邀請到倪瑞宏的母親，當時才理解到仙女的養成不是兩三天，有意識的創作，需要的不止是仙氣，智慧如海來自平時的深入經藏，插畫的藝術性，來自藝術史的耳濡目染與潛移默化。

連續參與兩屆的「條通藝術祭」，活動中，只有仙女可以超越仙女，首先是《蓬萊仙山辦事處》一作，自2017年融入在酒吧玄關的燈箱，至今，仍在林森北的夜裡，對著夜歸的尋芳客，閃耀著熱愛青春的醒世恆言；第二年藝術祭，《女服務員圖》一作出現在台北國際藝術村的牆面上，裡頭描繪著仙女的玫瑰瞳鈴眼才能看到的人情冷暖與酒色財氣，而這幅一百年後，必定成為文化資產的作品，現已不存，消失的林森北敦煌壁畫，讓筆者只能超前傷心！

神仙本是凡人做，只是凡人心不堅，或許，對倪瑞宏而言，好好做人，就是成仙的不二法門。若非藝術家的身分，我們將無法看見這種刻骨銘心的過程被記錄下來，我們也無法進一步體會一名生理女性，若不用仙女的姿態在社會中生存，將無法化苦難為幽默，化狼狽為磨練，化衰老為智慧；唯有如此，ㄎㄧㄤ炸的繪畫作品，才得以讓藝評家釋懷，因為荒謬的現實用過分「美化」的方式來描繪，總有一種藏不住的欺瞞，這不但有違仙女的信念，也不符合仙女的美學／邪。

那些介在特效與故障邊緣的無用裝置，諸如《愛自己：放手的智慧》、《閃亮人生諮商室》或《我以為我很特別》，常常在互動的「意外」中，傳遞著仙女的天啓與真言，裡頭有時上演著你我不敢面對的現實生活，也供你在無助時可以求一支籤，或是讓你在過鵲橋時，可以誠實地面對自己，唯有知道自己的特別是「自以為」，才有機會發現，與別人就算一樣，還是有機會不一樣！所謂的成長何嘗不是如此呢？倪瑞宏的仙女之路，就是在與別人的互動中，洞悉他人，關照自己，最後回饋到他人身上。

《仙女日常奇緣》不是一本強說愁的文青圖文集，但也不是愛說教的《女誡》，而是用力擁抱生命，但對生活卻不強求的仙女記事，無論是藝術死／史的仙女、羅曼死／史的仙女，還是下海／凡的仙女，在這亂世中，《仙女日常奇緣》一書的付梓，將為世人指點迷津。仙女用肉身體驗的悲歡離合與喜怒哀樂，與你我並無二異，人不理財，財不理你，但你不愛仙女，仙女依舊愛你，《仙女日常奇緣》還不雙手合十購入嗎？

名人推薦參

「女力就是神力」

謝佩霓——藝評家、策展人

★☆★☆★

織女、仙女都是自自然然投射自己的化身。在人生公路駕著藝術快車風馳電掣，看似末路狂花飆風疾馳，其實還是只與自己一人競逐，也只能超越自己。

直到這一刻，還一直十分猶豫，很有一把年紀的自己，究竟適不適合書寫這麼一個嶄新世代的創作者？畢竟闖蕩藝壇超過30年，一向堅持不下筆臧否完全不認識、不甚熟悉其作品的藝術家。

倪瑞宏讓我打破了堅持大半生一貫的原則，也許正是因為被她不斷打破各種原則。我有我的堅持，她有她的執著，與其放任堅持與執著拔河，不如選擇放下手邊一切仔細讀她的書。這一讀，便充分領教到一個當代女子，可以以最堅定的倪式浪漫施展強力魔法，於是欣然臣服起筆。

面對這樣一本書，沒有娓娓道來的鋪陳，沒有嘔心瀝血的修辭，只有再直白不過的一段段敘事連番進展，對不習慣此道者，無異於是進攻也是進逼。特別的人不能等閒視之，當然也無法以通則理解。真人實事不經改編，自編自導自演自問自答自成邏輯，迫使讀者展讀時不能多想，不容猶豫，不假思索，不得質疑，必得直觀概括領受，才能不能自已地一氣呵成讀畢。

倪瑞宏直接了當地將自己經歷過的生命實境，整理成乾淨俐落段落篇章，圖文並茂澎湃熱血，熱熱鬧鬧絕無冷場，毫不遮掩也不稍作沉澱。初讀時嘖嘖稱奇於天馬行空，不由得承認果然青春無敵，此姝劍及履及的果敢作風，熟女甘拜下風。

然而掩卷之際，不得不完全同意，或許這是作者進行自我剖析最佳也是唯一可行的寫作法。

人生於世，面對曲折離奇的連番戲劇化遭遇，只能全都當成直球進壘，選擇放膽使勁揮棒。打擊手站在打擊位置，見球來勢洶洶，總不能兩手一攤，放任自己被三振出局。新手上路，大手大腳出手，雖然極有可能揮棒落空，不過一旦命中，不等抬頭觀察落點何在，便要埋頭傾全力飛奔。就這樣，一壘、二壘、三壘不斷推進……直到奔回本壘得分，而大力一揮，一記全壘打也不是不可能。

一切發生得如此迅速澎湃，卻又如此順理成章，初試啼聲便成功譟聲鵲起，投手、對手、隊友、應援團以及觀眾，在處於一切還莫名所以的當下，就已經全盤陷入終極達陣的雀躍狂喜。

尋常女子誰人無夢？

織女、仙女、飛天小魔女都是自自然然投射自己的化身。學院出身的一介秀女，在人生公路駕著藝術快車風馳電掣，看似末路狂花飆風疾馳，其實還是只與自己一人競逐，也只能超越自己。從施施然無憂無慮及時行樂的，轉變到即知即行，說穿了都是步步為營一步一腳印所得，其中當然有運氣助攻，但卻得來毫不僥倖。

真情相與的自白，自有斑斑血淚的瘢痕，其實也流露著十足的感性與女性的慧點。書裡記錄的是藝術家倪瑞宏第一節人生的戰情報告，我想冰雪聰明的她何嘗會不明瞭，後面還有長長的硬仗要打，尤其當她決心以藝術為專業。

由於女子無才便是德的社會制約，過往多情奇女子泰半難免受壓受限，注定受苦受難，必須削足適履才可能勉強求得奇緣。所幸生而逢時，在百無禁忌的當今世界裡，多才多藝的女子，也可以像倪瑞宏這樣放閃放膽放心當自己，教放不開的人自嘆弗如，好生羨慕。

只要認真當自己、愛自己、表現自己、創造自己，仙境便不再是傳說，仙樂飄飄處處可聞，人間就是天堂，媽祖與聖母都會齊來庇佑，居蓬萊台灣也能得見極樂如來。

倪瑞宏的魔力和魅力出於女力，女力就是神力，而這書的關鍵啟示也正於此。行文至此，該用什麼話來當結語？便只豔羨地這麼說：「倪瑞宏這妮子好樣的，好神！」

目次

貳◎住在蓬萊仙山的仙女們——性感仙女遊樂園

參◎事業有成的仙女們——理想仙女候位區

肆◎迷茫的後仙女時代——解憂仙女溫柔鄉

附錄

仙女沙龍美照特輯

其實我 4 歲就決定以後要當畫家了。（1996 年）

學長邀我去大林蒲玩，說要幫我拍一部失敗紀錄片，
我穿著當時最愛的洋裝打扮成我本人，
他帶我去看一整片工業建築廢渣填海的新生地，
我在路上撿到一把大洋傘，
然後他隨手照了幾張。

（高雄大林蒲，2013，陳俊宇 攝影）

延續失敗紀錄片的場景，
我打扮成一個風塵味的酒店女子，正在讀劇本。
（高雄某練歌坊，2013 年，邱子晏 攝影）

第一次扮仙女，
這是跟公視租借的服裝，
也是我覺得最可愛的仙女造型。
（誠品松菸店，2013 年，吳定盛 造型）

那天是 80 年代主題派對，
我穿著阿嬤留下來的洋裝，
朋友幫我拍下這張早期民間婦女的奇蹟美照。

（朋友家頂樓，2014 年，劉兆慈 攝影）

以前沉迷於去各種不同的老旅館玩，
我好喜歡這浴室，可是這家旅社看起來超鬧鬼，
因此角色設定是
被鬼纏身的《老屋搜查隊》節目女記者，
旅社裡面還有假山造景。

（新店龍山旅社，2014 年，皮承叡 攝影）

社子的老公寓頂樓真的是世界最棒的地方，
我穿著當時新買的公主洋裝，
騎著掃把拍了這組小魔女照。

（葫蘆堵老公寓頂樓，2016 年，皮承叡 攝影）

我和北藝學姐郭品君的雙個展，
我們打扮成性感小惡魔，
找了辣妹攝影師酥酥掌鏡，
我們還做了衛生紙廣告。

（一加一旅館，2016 年，吳定盛 造型，Su Misu 攝影）

來自巴西的盧卡斯（Lucas Paixão）是我的研究所好友，
我提議我們來 Cosplay 他的漫畫作品《檳榔美少女》，
我被分配扮演的角色是「星依」，
一個戴眼鏡及愛看書的大奶檳榔西施。

（盧卡斯住所，2017 年，容子 造型，盧卡斯 攝影）

有個瑞士藝術家說想拍藝術家工作室，
但我家太遠，他老人家放棄了，
我想不如就打扮成歌手 Katy Perry〈Roar〉時期的造型自拍，
擺拍的還有我那野性十足的熱帶雨林收藏品。

（我的工作室，2017 年）

我打扮成《愛自己：放手的智慧》作品中
的悲情角色「美如」，
跑去參加在濕地舉辦的
「蓬萊大舞廳」派對活動。

（濕地，2017 年，張好 攝影）

我的好搭檔攝影師來我家
拍我打扮成中華好媳婦。

（我的工作室，2019 年，張好 攝影）

洗衣間開放時間
Laundry room
Opening hours
0830 - 1230
1400 - 2100

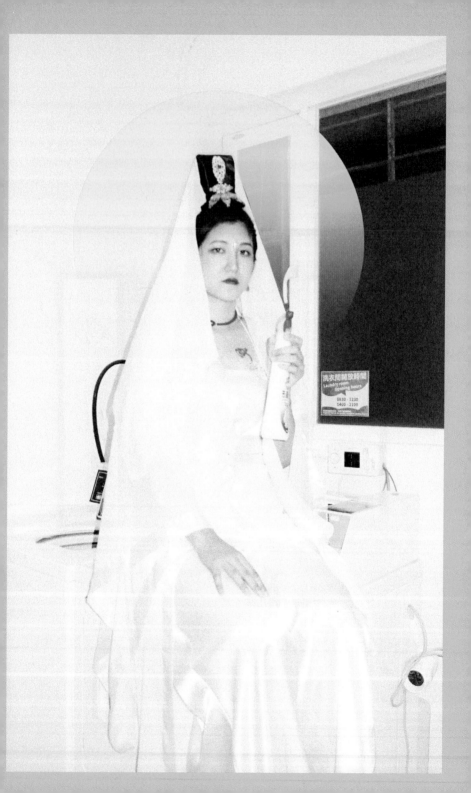

去高雄大林蒲找南藝的學長時，他一見到我就立刻靈感浮現，
請我當他協助辦理的「西南瘋音樂祭」宣傳片女主角，
我扮演的角色是油廠女工，
下班和同事一起到廟口吃美味的海鮮蓋飯。

（高雄大林蒲鳳林宮，2019 年，李佩瑜 小幫手，莊富驛 臨演，倪祥 攝影）

我打扮成觀音參加朋友主辦的「傻瓜書日」活動，
然後在現場幫觀眾做心理測驗，
攝影師友人張好又來找我玩，
我們快速地在洗衣間拍下這張經典照。

（青年旅館洗衣間，2019 年，張好 攝影）

2019 春天我跑去洛杉磯，找了我在 IG 上追蹤的攝影師 Ryan Coyle 幫我拍照，他的作品總是瀰漫一股美好的 70 年代浪漫氣息。我問他能不能見面，他說我們去看《發條橘子》好了，然後在戲院門口幫我拍了張照。看完我們開車行經麥當勞，聊起他一直想拍從 M 型標誌伸出手的照片，我說那我們來拍吧！停好車他衝去店裡請店員把燈打開，完成這張可愛的作品，照片中的我是迷惘追愛的公路旅行女子，後來攝影師將照片列為他 2019 年的十大作品精選。（美國洛杉磯，2019 年，Ryan Coyle 攝影）

去新加坡「虎豹別墅」觀光就是要應景穿老虎裝，
這裡是虎標萬精油創辦人送給新加坡
及全世界熱愛獵奇人類的幽默景點，
真的是太好玩了。

（虎豹別墅，2018 年）

採訪我的編輯企劃姊姊說
這張很像是早期《姐妹》雜誌的封面，
我倒覺得自己有點像賭神。

（《美麗佳人》雜誌社，2019 年，林侑青 企劃，Hecker 造型，Hedy Chang 攝影）

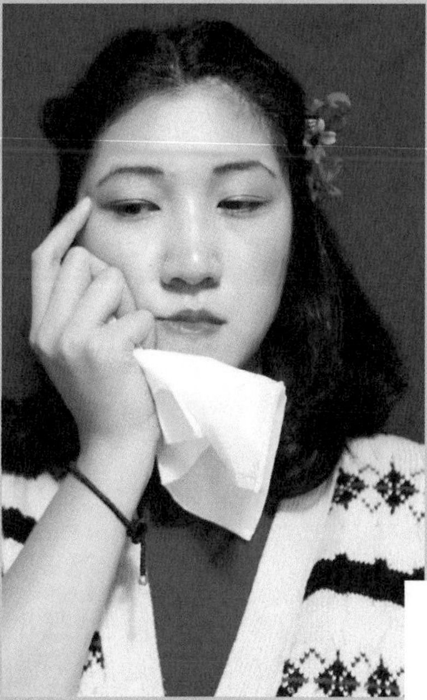

某年生日收到一個古早藥袋的禮物，
看著上面的女生我覺得跟自己長得好像，
就打扮成病婦自拍一下，
只是我的冰敷袋裝的是冷凍的小饅頭。

（我的工作室，2019 年）

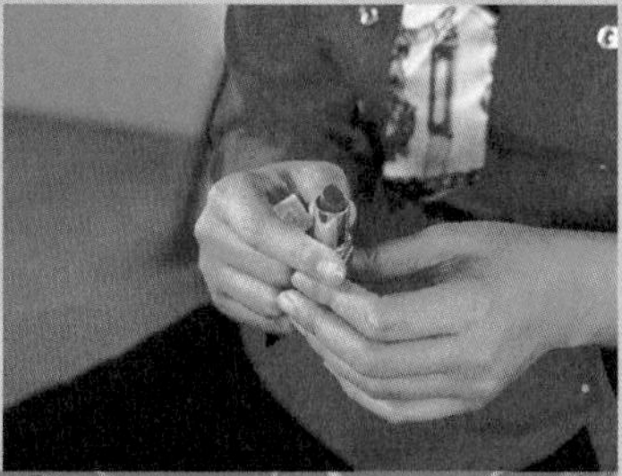

原本從事法律工作的攝影師任慕懷（Máté Zsellér）是旅居台北的匈牙利人，某次在朋友的熱炒聚會見到他，邀請他一起拍了這組照片，那天他扛了一堆燈光來打，將現場的迷幻色彩提升到更豔麗的境界。照片中的我看起來像空姐，實際上卻是《我以為我很特別》展覽中的「地獄接待員」角色。（臺北市立美術館，2020 年，任慕懷 攝影）

前言

~我的仙女垃圾夢~

★☆★☆★

「嗯，可以讓我了解妳的藝術嗎？」

這是我和某男網友見面時他問的問題，雖然此人與交友檔案上的照片完全不像。原本我期待會出現一位身材挺拔的ＡＢＣ帥哥，本人卻是一個膚色暗沉的微胖男，他的粉色休閒衫上有一隻企鵝圖案，背著肩帶過長的側背包，「尬聊」時我都盯著他衣服上的企鵝刺繡，想隨時找機會落跑，但他真問了我一個好問題。

我的藝術是什麼？藝術家是什麼？藝術是什麼？

對我來說，好的藝術家就是創作高級垃圾的人類，垃圾也有分高級和低級嗎？那就要看是誰製造的，如果是仙女製造的呢？

《和喜歡的東西一起在最愛的黨國樓梯間》 紙本、鉛筆、水彩、墨汁，2018

當我對人生感到絕望時就會躲進工作室，環視長年累月收集的怪寶貝們（包括門口那株快死卻沒死的盆栽），這時很適合用吶喊的方式唱我的愛歌——說唱歌手 Leo 王還未轉型前，在「巨大轟鳴」樂團的那首〈老子有的是時間〉——「♫ 嘿！有什麼好抱怨，當你最愛的動物和植物都在身邊～♫」，唱完後身心舒爽，至少和我相依為命的垃圾們長得很有趣，我將此意象與我喜愛的黨國遺址場景轉化為這幅作品。

聽說，早早確認自己人生志業的人非常幸福，真的嗎？一位藏家大叔曾誇張地對我說，能當藝術家的人都是神明指派的，沒得選。這句話我想了很久，覺得自己是仙女轉世的可能性，會不會比人生志向是死後成為考古化石大發現的機率還高一些。

幼稚園小班時，我就對老師說長大想當畫家。很多名人勵志書都強調他們從小是多麼努力不懈學習，這方面我好像還好，只是個性極端了點，從五歲就學會對不想做的事物裝病（例如吹直笛和解數學題），只有畫畫能讓我活起來，而且因為《美少女戰士》和《漢聲中國童話》錄音帶的影響，我特別喜歡畫仙女。

我有一個支持我的家庭，讓我體驗完整版的台灣美術學院教育系統，安安穩穩地一路從國中美術班、高中美術班、藝術大學、美術研究所……持續深造，如此用心向學，離校後最理想的職業應該就是做一名職業藝術家。只是學校不會透露真實世界多麼險惡，藝術圈的汰換率就如同演藝圈，觀眾同樣健忘，如果我能同時擁有來自天庭賜予的仙女光環和牌照，是否能在這座五光十色的當代藝術森林中活得好一點？

22歲時我察覺自己畫的東西有很強的生命力，起因是為了躲避大學必修課業，把自己關在宿舍房間鑽研我收集來的垃圾。自從2000年台北市推廣垃圾分類後，我常舉手自願當環保小股長，高中時大家都在社團大肆揮霍青春，我則加入愛校服務社，社團時間就是慢條斯理地撿起被丟在花圃的早餐盒。對於垃圾的分類有強迫症的我，特別喜愛整理廢紙，我喜歡包裝紙盒散發的味道，還有它被機器壓膜的痕跡，印刷油墨的配色，以及翻開背面灰色卡紙裡的雜質也超級美。我對這些紙盒被工業社會賦予的使命深感同情，如果只是為了保護幾片餅乾，餅乾被吃完後就瞬間變成垃圾，這何嘗不是某種人際關係的隱喻？

當畫畫衝動上來時，這些廢棄紙盒比起我在美術社購買，生來就準備被畫的純白畫布來得更有溫度，當我小心翼翼地在紙盒上畫出我的人生無聊小破事，兩者的結合是多麼完美啊！

那仙女稱號又是從何而來？

這要從2013年的誠品書店藝術進駐計劃說起，我將一台通常只會出現在廟宇或難玩的森林遊樂園的自動抽籤機，移到誠品書店信義店這麼一個極度乾淨，散發著都會優雅氣息的空間。每當觀眾投下硬幣，便會啟動內建的仙女人偶遞上籤詩，她會在佛經歌曲伴奏下，代替藝術家遞給求籤觀眾一紙人生建議，由於籤詩的內文太過玄妙，抽籤機廠商代表在我的臉書上戲稱我是仙女，結果我陸續收到更多陌生人私訊來要求解籤。

在那之後，我意識到這個仙女名號並非玩笑，於是報名了該年度的宮廟仙女選拔賽，取得神明認證的合法證書後，我為了更深入研究仙女，為了讓自己能以藝術理論之名，合理化我製造的高級垃圾，我去念了研究所。三年後，我以仙女為論文研究的主題畢業，但玉皇大帝沒有來迎接我，卻派了一位精明的（？？？？）編輯先生，逼我好好把這一切寫下來。

這是一本什麼樣的書呢？

2017年，我發表了美術碩士論文《螢光粉紅仙女救世之道》，內容描述我以仙女為主題的創作過程，開頭點出如果今天在西門町就能以低價租到尼龍布料材質的戲服扮仙女，那仙女這個符號在當下社會還有什麼神聖意義嗎？同時我想如果能替自己的論述畫插畫，這本論文會變成怎麼樣呢？

後來，我在畢業半年後花光積蓄（負債）出版了《螢光粉紅仙女成仙之路》小書，放在台北幾間獨立書店販售，而你手中這本《仙女日常奇緣》則是延續了原本救世論文的架構，結合成仙小書的插圖，把當初指導教授嫌太過囉嗦瑣碎的文字加回去，更仔細介紹了幾則我深愛的「台式壞品味」小歷史，例如：蓬萊仙山電視台之謎、葡萄公主選拔賽佳麗、電動花燈的魅惑力量、學習如何像女王一樣幸福……甚至新寫了論文發表後和男友分手的過程，以及我如何將失戀轉換為創作力量把前愛人當作繆思、求職不順走歪去禮服酒店上班和意外成為伴遊小姐，藉著回頭反省人生，讓我這趟仙女之路圓滿地告一段落。

我對於仙女符號中曖昧易變的形象十分著迷，她們有著不會隨著時間消逝的美貌，具備神明庇佑眾生的法力，又是中華婦女行為與裝扮的典範，更是古今男性選媳婦的夢幻指標。如果是上述形象的反面，仙女可能化身為怕被世人遺忘的孤單鬼魂，撫慰深夜寂寞苦讀的古代考生，而放在當代社會脈絡，她們也可能頂著夢幻情人的外型去酒店兼職。

為呼應這個身分的曖昧性，封面我畫了一個符合以上特質的仙女自畫像，造型參考某記者朋友分享我的80年代MIT老A片（劇情演什麼不重要）的某個特寫畫面，鏡頭帶到片中那對夫妻的臥房床頭，剛好擺著一尊用玻璃罩罩住的仙女娃娃，「她」正盯著你看呢！

而書名為什麼取《仙女日常奇緣》，我在教育部辭典搜尋「奇緣」兩個字，得到解答為「奇特的因緣」（廢話），剛好某天下午在家後山的墓園散步，我發現一座雜草叢生的墓冢邊的矮牆，牆上鑲著一幅瓷磚畫，描繪孝子董永與仙女的愛情故事，副標題就提上「仙女奇緣」四個大字。回家我Google搜尋了「仙女奇緣」，竟然跳出一間中壢酒店的連結，店內標榜小姐們個個貌美如仙。而為了探索仙女符碼和我創作之間的脈絡，我以仙女的身分投身藝術，以這個形象在日常走動，對這個世界提出我的疑問，繼續往前走。

所以到底寫了些什麼？

《仙女日常奇緣》也是一本藝術家自傳，但內容沒有成功勵志的心靈雞湯，比較像是一本記錄藝術創作過程的成果報告書。就像我讀安迪．沃荷的傳記，裡頭也沒什麼標粗斜黑體的人生大道理句子，就是一個老 Gay 在絮絮叨叨地說著他著迷的世界：從起床打電話吵朋友，到睡覺前的步驟，因長期消磨在超市而感應到的天敵，瑣碎又好看。我這本書的寫作角度也差不多是那樣，一切過程都只是為了服務奇怪的個人私慾，好奇探索世界如何運轉的各種疑問。

這本書內容分為四個部分，用四個面向去看仙女在不同時代、空間下所展露的樣貌：

第一部分：從如何定義仙女開始，看在大中華文化薰陶下，傳統仙女夢工廠的營運情形，介紹凡人想選仙女的比賽辦法，以及「牛郎與織女」、「董永與七仙女」……幾則我作為創作發想的經典仙女傳說。

第二部分：介紹神話中眾仙人、仙女住的所在，《山海經》說有個烏托邦樂土叫「蓬萊」，台灣則有「蓬萊」仙島的美名。「蓬萊」更是一間真實存在過的電視台，還有位於中國山東省的一座「蓬萊」小城。另外我借用美國評論家瑪格麗特．衛特罕的《空間地圖》提出的網路天堂概念重新理解仙境，創作了一間專門辦理仙境旅遊的辦事處。

第三部分：我將仙女形象移植到日常生活中，重新定義誰才是理想的真仙女，我該不該和其他女孩一起去擠飛上青天的資格？還是去爭取代言農特產后位？或是學習女王精神，向迷惘少女們傳授愛自己的祕訣？此外這裡還收錄我如何著迷「電動花燈」這項台灣傳統工藝，瘋狂想自己做一組「電動地獄」的過程。

第四部分：這單元比較哀傷，也是整本書最反仙女的段落，描述與曾經身為繆思的男友分手後，如願完成仙女研究論述，我以為這是解脫，卻變本加厲導致自我價值認同崩解。任意接受命運為我開啟的其他職涯小門，例如短暫地充當酒店小姐，同時跑去香港追愛（我的人生可能除了畫畫之外80％都在追愛），愛沒追到，但卻讓我動念想蓋一座涼亭花園，蓋在美術館裡面。

如果從更深層的解讀，無論你是用織女、空姐、選美皇后、兩性女王、酒店和伴遊小姐……任何古今中外脈絡解讀仙女，在我的研究後期，我體悟仙女其實就是被美化的鬼魂，就像我在高雄偏僻鄉里發現的小仙女廟，廟中祭拜的就是孤苦且身分不明的女子。

寂寞的人需要仙女陪伴，且讓我親自下去陪你，帶領你一同進入仙女（女鬼）出沒的花園幻境，讓我們在那相遇，一起夢一場最甜美的垃圾夢。

《焊一個LED愛心給妳》

鉛筆、廣告顏料、宅急便包裝盒，2016

—

這幅畫描繪我和藝術靈感繆思之間的關係，他是男的，偶爾會在我腿上練習焊接技巧。我很愛他，但愛得有點辛苦。

1

Classic Shian-Niu Case Studies

中華仙女傳說
古典仙女夢工廠

宋朝皇帝趙恆先生寫了一首勸世詩，其中一句「娶妻莫恨無良媒，書中自有顏如玉」，你看皇帝都說了，好好念書能幫助你娶到仙女，但仙女究竟是誰？

我經命運牽引被喚爲仙女藝術家之後，發覺這背後不單純，從中國神話起源裡去挖掘，仙女會不會只是一個美好的幻覺？

壹之壹

~為什麼我是仙女？~

★☆★☆★

這一切的一切都要從我的國中畢旅說起……

那次行程來到日月潭的文武廟，廟前方的廣場有一台吸引我目光的自動抽籤機，不用擲筊，無須神明應允，你只要投下10元硬幣，玻璃箱內的黃衣仙女就會順著軌道，轉身慢慢滑入一座有著紅色自動門的小廟，然後捧出一卷套著黃色吸管的籤詩慢慢靠近你。她雙手一攤，籤詩滑落，只要你俯身去撿，所有的人生謎題都會有了解答。（陽光普照特效）

那天，我默默許下心願，希望能擁有一台屬於我的抽籤機（啊～那該有多好呀～）。轉眼時間來到我大學畢業，非常幸運，我參與了誠品書店的藝術進駐計劃，發表了出道後第一件獨立展出的創作《閃亮人生諮商室》，而抽籤機就是其中一項裝置。

那時為了圓夢，我上網搜尋製造抽籤機的廠商電話，沒想太多，我直接和對方約在彰化花壇火車站碰面。這間工廠同時也生產巨型鯉魚和鴿子飼料機，他們幾乎獨占了全台的飼料機市場，能讓全民都享有餵魚餵鴿的樂趣，實在是功德無量。

這間工廠不大，從狹窄的產業道路開車進入，四周圍繞果樹，半開放的鐵皮工廠外頭散落著幾尊美人魚造型的鯉魚飼料機，老闆說美人魚飼料機銷路很差，因為買回的消費者常會接到鄰居投訴，說半夜看到美人魚站立池邊怪恐怖的。

我想像的抽籤機一定要夠舊，最好像是《倩女幽魂》中小倩出沒的破廟才行，於是選了一台放置倉庫角落，有著慘白褪色的山水風景畫內裝，搭配少許蜘蛛網和落葉的二手機台，一切果然——非．常．完．美。

正式展出時，我將機台擺在書店三樓人流最多的電扶梯口，民眾只要願意去玩抽籤機，就能得到藝術家，也就是我本人提供的人生建議。

展覽期間最神祕的事情發生了，到訪觀眾不知是對抽到的籤詩太過迷信，還是被進出破廟的黃衣仙女給迷惑，陸續到我的臉書粉專貼文留言叫我仙女，之後身旁的朋友也開始叫我仙女，可能那台抽籤機真的具有某種未知神祕的能量，接引我前往仙女之路。

《閃亮抽籤機》

自動抽籤機裝置，2013

—

在誠品書店展示的抽籤機，破舊復古的外型與書店簡潔現代化的空間形成強烈對比，裡面真的住著一隻我取名為「小黑」的蜘蛛。機台兩側還設有善書流通櫃，展期結束後，機台暫時被擱置在台中「自由人藝術公寓」的騎樓空間，真的有為數不少的善書出現櫃上，是藝術介入社區的成功案例。

閃亮人生

《閃亮人生諮商室》

照明裝置，2013

—

搭配《閃亮抽籤機》的展示空間，我設計了一區開放給觀眾報名談論人生煩惱的房間，我只有在固定時段才會出現在那，現場放了很多我到處收集的燈具，想給黑暗的生活一點光明。

閃亮人生諮商室
倪瑞宏
ART STUDIO 2013
九月十四～十月二十

《諮商室》

紙本、鉛筆、廣告顏料，2017

——

書店是開放式的展示空間，我又常常在那出沒和觀眾互動，導致我接收太多台北人的負能量，成為接受太多民眾諮商開始有點煩惱的仙女，甚至還有名觀眾跑到我打工的地方想要繼續聊，很瘋狂。欣賞熱愛藝術很好，但要保持一點距離，它才不會害你瘋掉。

2017

壹之貳

~閃亮籤詩的人生指南~

★☆★☆★

至於那些閃亮籤詩中到底隱藏了什麼宇宙機密？

現在看來其實也還好，就是個女大生在極短時間內，體悟到的人生酸甜苦辣。她先是愛上別人的男朋友，第一次認真感受到失戀的滋味，於是和同學去台東玩，不巧天雨路滑被台轎車撞，雖無生命大礙，卻一度跛腳、獨眼（眼皮被削掉一塊），從此性格大變，人際關係岌岌可危。

意外發生後，該名心靈脆弱的女大生，立刻答應一位熟男的追求，他說她聞起來像北海道的薰衣草（芳香劑）。原本以為這是塊浮木，卻讓她的憂鬱情緒更加嚴重，於是開始思考活著的意義。

女大生閱讀各種人生教練書籍，期待會有答案出現，她試著遵照指示生活，卻無幫助。某日，正巧她在書店架上瞄見一本新書《個人意見之待人處世指南》，一翻猶如當頭棒喝，書末的佳句也被她以螢光筆註記，銘記在心：

「指南只是指向南邊而已，並不是真的指到哪個正確的方向。」

既然找不到答案，女大生（我本人）乾脆自己做一套該如何面對人生困境的解套送給「未來的自己」。

於是我設定了一個創作步驟：

⇓每天記錄一則給自己的人生指南，靈感可能來自贈品桌曆的每日金句。
⇓賦予人生指南意象，畫在從回收箱撿來的廢紙包裝盒背面。
⇓畫了一堆之後，剛好要舉辦校園聯展，就順便貼在牆上展示。
⇓光是展示畫作無法滿足，為了讓互動更有趣，那就做成籤詩吧。
（是直覺，也合理化想買抽籤機的購物慾。）
⇓從眾多指南精選合適的內容和畫面，稍微調整後再設計成籤詩。
⇓購買抽籤機，製作籤詩。
⇓觀眾用20元投入抽籤機，即能獲得來自藝術家的一枚人生指南。

至於我設定的籤詩內文多半圍繞在是否太胖、他到底要不要愛我、如何適應群體生活⋯⋯總之就是一個普通女大生會關注的俗事。

《人生指南：擁有面對現實的勇氣》

褲襪包裝卡紙、廣告顏料、鉛筆、紙板，2013

—

拿著熱熔膠槍和吹風機自殺是沒有效率的，還不如正視眼前的危機。

閃亮人生籤
○○一
人生指南
謹守不與普通妹搶男人的原則。
和妳愛上同一個人，當公平競爭宣告失敗後，我只好在妳和可愛咖啡拉花與草莓蛋糕合影打卡時，在杯子中滴入工業廢水。
Life guide :
Don't fight with the ordinary girl when you both fall in love with the same guy.

閃亮人生籤
○一四
人生指南
接受事實，勇敢面對
幻想世界不宜久留，必須盡快找對方法扭轉現狀，生不如死撐過去就好了，除非受過專業疼痛忍受訓練。
Life suggestion:
Do not try to suicide by the glue gun .

《人生指南：好好享受人生的谷底》

玉米片包裝盒、鉛筆、廣告顏料，2013

｜

商業雜誌上的成功人士建議年輕人應該有的十項體驗，其中包含感受人生谷底，我的谷底大概就是穿得超美，結果從樓梯上摔倒，而在死亡降臨的前一刻，天空將會絢麗奪目嗎？

閃亮人生籤
〇一九
人　生　指　南
好好享受人生的谷底
就是現在，只有身陷谷底時才有機會強迫自己靜下來，去思考與重整自己的人生，已經夠慘就慘到底吧。
Life guide:
Enjoy the depression of your life.

《人生指南：用正確的方式表達愛意》

發熱衣包裝背版、鉛筆、廣告顏料，2012

—

用此法告白方式效率高，但風險也很高，倒追須謹慎而行。

閃亮人生籤
〇〇二
人　生　指　南
用正確的方式表達愛意
自以為聰明的倒追，結果發現對方根本沒當一回事，底盤都掀翻了，那我現在該怎麼辦？
Life guide :
Use the right way to express your love .

《人生指南：測量安全距離》

巧克力包裝盒、鉛筆、廣告顏料，2013

——

不明確的三人關係該如何拿捏距離？是你太過來了，還是他太靠近？

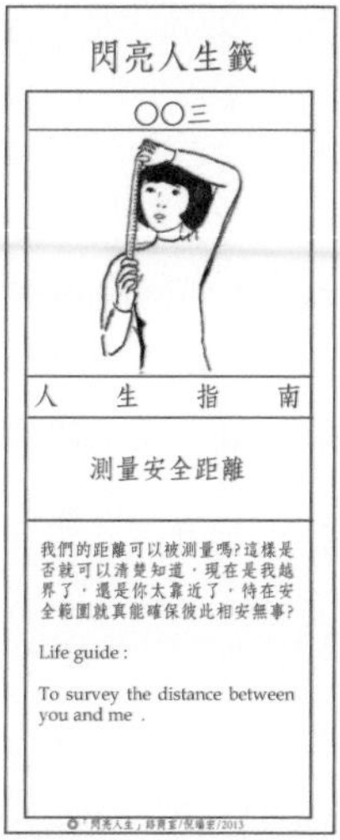
閃亮人生籤
OO三
人 生 指 南
測量安全距離
我們的距離可以被測量嗎？這樣是否就可以清楚知道，現在是我越界了，還是你太靠近了，待在安全範圍就真能確保彼此相安無事？
Life guide :
To survey the distance between you and me .

《人生指南：攜伴出席好友喜酒》

義美小泡芙包裝盒、鉛筆、廣告顏料，2013

—

創作靈感來自S.H.E中Selina的婚禮，她的伴娘都穿得像是燈罩。也許下次去喜酒，打扮也可考慮走居家燈具路線。

閃亮人生籤
〇〇五
人　生　指　南
攜伴出席好友喜酒
幸福洋溢的場合裡，放眼望去所有的女賓客都穿得好似燈罩，不如下次就帶一盞立燈參加婚禮就好了。
Life guide :
Bring a date to a wedding party.

《人生指南：每月定期放鴿子》

起司餅乾包裝盒、鉛筆廣告、顏料，2013

——

每月定期放鴿子有助整頓人際關係，選一個對象就好，後果自負。

圖中男子臉孔參考胡適，理由只因為我覺得他很帥，籠子內飛出大量的千鳥紋表示：「去吧！去你們該去的地方！」

閃亮人生籤
○二二
人　生　指　南
每月定期放鴿子
從今天起養成良好習慣，每個月固定時間，穿上千鳥紋圖案搭配，定點施放鴿子。
Life guide:
Stand someone up – once a month

《人生指南：維持腿部線條的重要性》

義美小泡芙包裝盒、鉛筆、廣告顏料，2013

——

以前我漂亮的姑姑總會教育我，腿部線條好不好看攸關一個女人如何看待自己，她教我每天睡前都要把腳呈90度貼在牆壁上，我從高中就有養成這習慣，只是並沒有持久。

此圖欣賞重點在畫面中的女孩褲襪圖案，我畫了整整兩天。

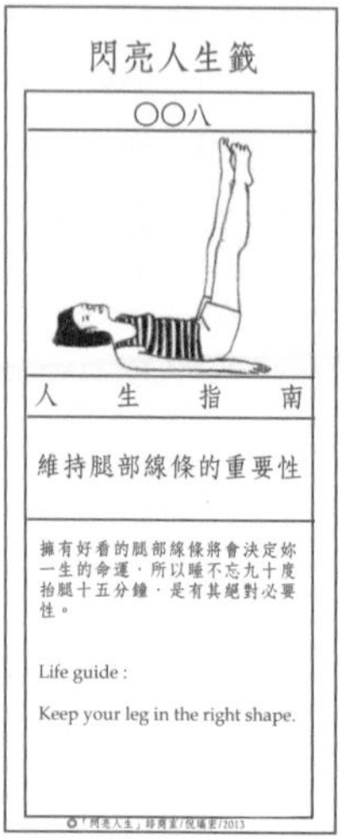
閃亮人生籤
〇〇八
人 生 指 南
維持腿部線條的重要性
擁有好看的腿部線條將會決定妳一生的命運，所以睡不忘九十度抬腿十五分鐘，是有其絕對必要性。
Life guide :
Keep your leg in the right shape.

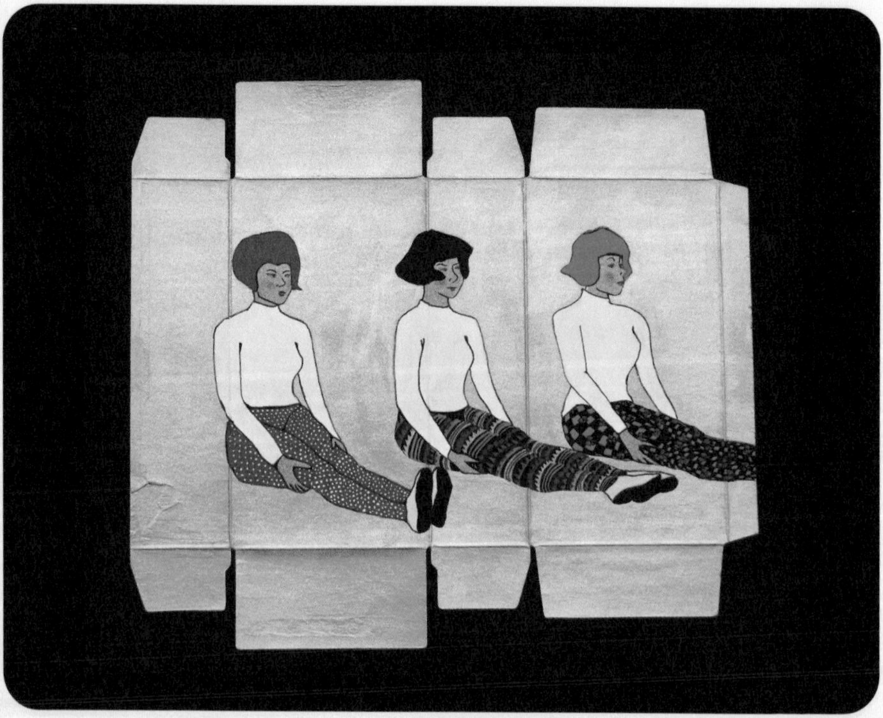

《人生指南：維持表面的和平》

餅乾包裝盒、鉛筆、廣告顏料，2013

｜

當時看電視上播寇乃馨主持的塑身衣改造家庭主婦節目，彷彿對這些婦女來說，身材有沒有維持在少女樣子攸關她們人生成敗，有一幕她們讓小腹排排坐，對她們對身體的放縱進行比較。

當時的我青春正盛，不知天高地厚，現在逼近30的身體，小腹也堅持伴著我。

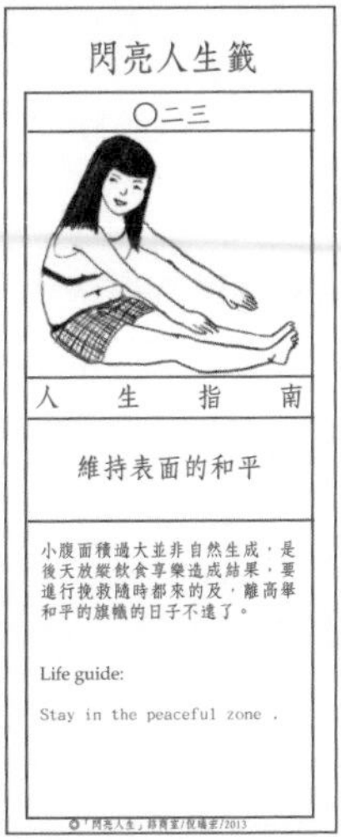
閃亮人生籤
〇二三
人　生　指　南
維持表面的和平
小腹面積過大並非自然生成，是後天放縱飲食享樂造成結果，要進行挽救隨時都來的及，離高舉和平的旗幟的日子不遠了。
Life guide:
Stay in the peaceful zone .

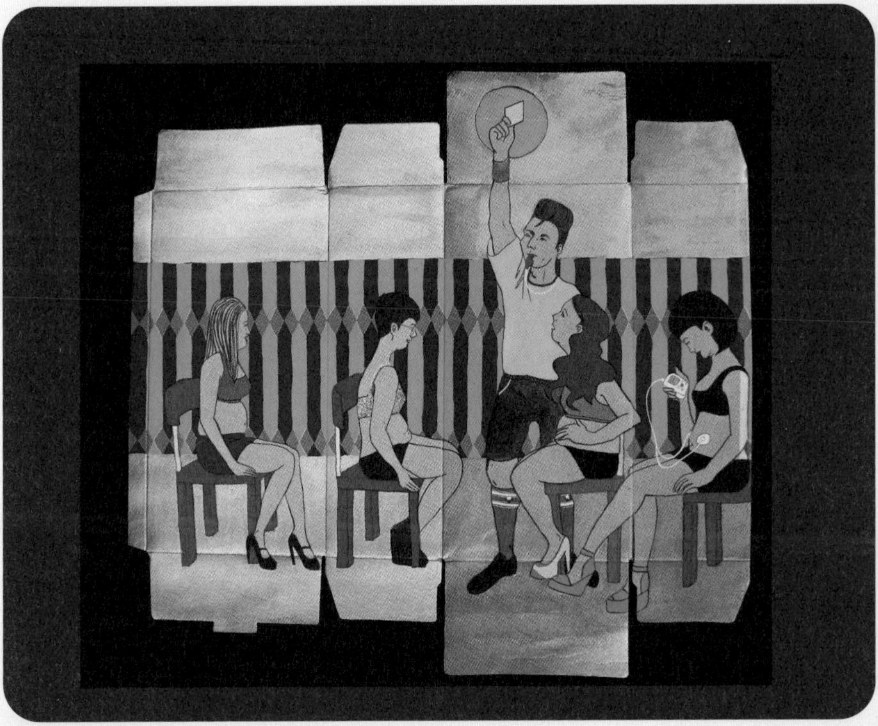

《人生指南：重視眼周異象》

面膜和玉米片包裝盒、鏡面紙、鉛筆、廣告顏料，2013

——

我真的好著迷看各種美容教學圖示，例如這是從舊雜誌剪下來，有關眼周按摩的技巧分解。

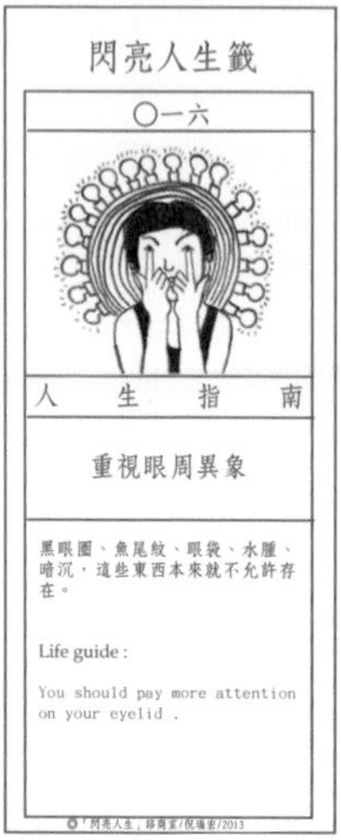
閃亮人生籤
〇一六
人 生 指 南
重視眼周異象
黑眼圈、魚尾紋、眼袋、水腫、暗沉，這些東西本來就不允許存在。
Life guide :
You should pay more attention on your eyelid .

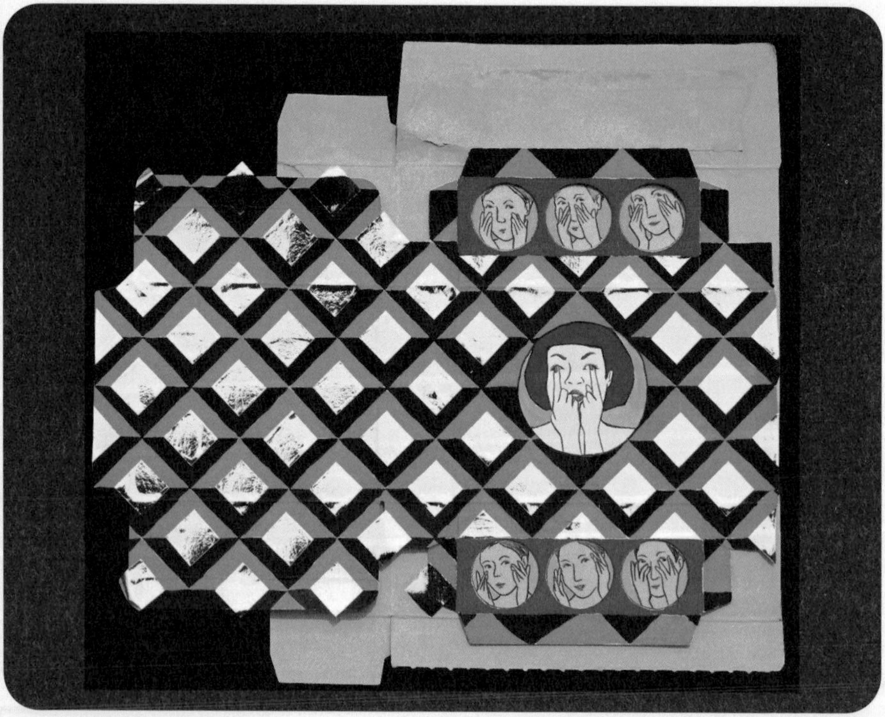

《人生指南：持續使瞳孔擴張》

褲襪包裝盒、鉛筆、廣告顏料，2013

—

之前看過一個科學研究，人類在看到喜歡的異性瞳孔會自然放大，看起來較迷人、更深邃，而早在18世紀的法國仕女們就懂得滴某種化學藥劑在眼球上，讓瞳孔持續擴張。

有趣的是，陷入昏迷時，檢查此人是否有救也是透過瞳孔擴張判斷，但如果那人剛好戴了放大片，檢查的人又難以辨識瞳孔狀態時，那該怎麼辦？

閃亮人生籤
〇二〇
人　生　指　南
持續使瞳孔擴張
人在看到自己感興趣的異性時，瞳孔會自然放大，讓自己看起來更迷人，為了狀態維持，瞳孔放大隱形眼鏡是一項便捷的發明。眼睛大了，成功機率也高了。
Life guide:
Make your eye as big as possible .

《人生指南：挽救無神危機》

面膜包裝盒、鉛筆、廣告顏料，2013

——我在媚比琳網站上查閱各種眼線描繪技巧，有神無神，真的有差。

《人生指南：珍惜純粹的友誼》

鳳梨酥包裝盒、鉛筆、廣告顏料、雜誌，2013

—

每個女孩一生中都必須擁有這種夢幻的異性關係，我不是說愛情，而是願意幫妳用封箱膠帶喬奶，擠出關鍵的那一條線，但又不會對妳起色心的純友誼，這我看《麻辣天后宮》學的。

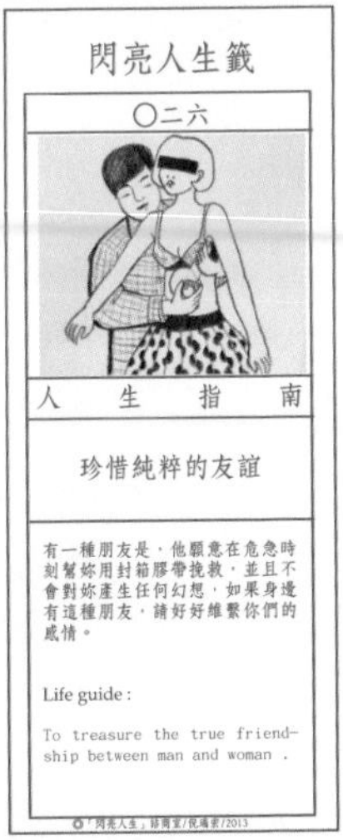
閃亮人生籤
〇二六
人　生　指　南
珍惜純粹的友誼
有一種朋友是，他願意在危急時刻幫妳用封箱膠帶挽救，並且不會對妳產生任何幻想，如果身邊有這種朋友，請好好維繫你們的感情。
Life guide :
To treasure the true friendship between man and woman .

《人生指南：盡量避免藥物成癮》

日本蜂蜜蛋糕包裝盒、鉛筆、廣告顏料，2013

—

鄉民傳說一則，早年的感冒糖漿因為添加了「可待因」成分，喝多會產生吃迷幻藥的效果，據說若干年前政府就已禁止添加。說到糖漿，我腦中立馬浮現「三支雨傘標友露安液」，雖說沒喝過它治療感冒，卻愛死這個包裝設計，也是我認為台灣最美的設計之一。

閃亮人生籤
〇一七
人 生 指 南
盡量避免藥物成癮
即便是價格最親民的三隻雨傘標，還是適量飲用為妙。
Life guide:
Avoid drink too much cough syrup.

《人生指南：向經典致敬》

卡紙、鉛筆、廣告顏料，2013

—

圖中男子是我在實踐服裝秀上看到的長髮男，我對他的造型印象深刻，並將他融入逛街時看到的愛迪達廣告畫面，附帶一提，後來我某次在路邊看到他在送 Uber Eats。

閃亮人生籤
〇一八
人　生　指　南
向經典致敬
選擇一個時代，去進行穿越重現，戴上全新的復刻款，最經典的時刻永遠不是現在。
Life guide:
let' s go back to the 70' s.

《人生指南：從事國際志工》

中立起司餅乾包裝盒、鉛筆、廣告顏料、
布萊德利．庫柏，2013

｜

某天在鄉間產業道路上閒晃，剛好在修路，便停車仔細端詳交通警示假人。咦！這個貌似西方的白人，怎麼會選這種風吹日曬的苦差事，不是應該去教英文嗎?!可能我曾被白男玩弄過感情，便將這股怨氣出在道路維修的假人身上（苦）。

畫畫時，我還是選了最帥的《派特的幸福劇本》男主角的臉，但籤詩版我卻畫了一個有些荒淫的美國畫家朋友，我竟然曾短暫被他迷惑過，這些負心漢真的通通都去修路好嗎！

閃亮人生籤
〇一三
慢
30
人 生 指 南
從事國際志工
在台灣打拼真的很辛苦，兼差多一份工是快速融入當地生活的好機會。
Life suggestion:
To be the international volunteer .

慢

《人生指南：試著成為一個燈具》

衛生棉條包裝盒、鉛筆、廣告顏料、色紙，2013

—

此圖是我研發設計中的閃亮迪斯可球燈，想給有「人群焦點障礙」的人士配戴，好讓他們能隨時處在迪斯可派對的歡樂狀態，我在淘寶上有看過類似款。

《人生啟示從生活小地方察覺起》

鉛筆、紙本、水彩、墨汁，2017

—

此圖呈現我那段時期的創作方法，就是在工作室裡到處剪圖片，研究畫面之間的關聯性。畫中掀上衣的女子是我的自畫像，我跑去學校的廁所一邊掀衣服一邊照鏡子一邊速寫，很緊張，很怕被打掃阿姨看到。

2017

壹之參

~我的成仙之路~

★☆★☆★

我的人生一向秉持積極認真的態度，連獲得仙女稱號都不能馬虎，既然將自我定義為「仙女藝術家」，就有必要取得正式的身分認證。益友們建議我去參加台南舉辦多年的「鹿耳門天后宮仙女甄選」，感念媽祖庇佑，順利選上2014年的仙女代表，讓我從此能以「仙女認證」的頭銜炫耀一生。

仙女的身分是可以被認證的。這項從民國80年由台南市鹿耳門天后宮舉辦至今的「仙女選拔賽」，目的是要在農曆春節期間，請媽祖娘娘欽點出能為參拜信眾祈福的志工。

當年度仙女徵選簡章上列出選拔條件：18～25歲、身高158～170公分、體重60公斤以下之未婚女性。當年我剛滿23歲，除了身高超出一點，所有條件皆符合，便直接寄出報名表，這是我此生做過最正確的決定之一。

甄選方式不需要任何特殊才藝，只需事先到現場集體拜會過媽祖娘娘即可。那日，我持香誠心參拜，用最大的意念向神明解釋我的來意，及此事對我的重要性，拜託媽祖娘娘能幫助我完成「藝術計劃」。

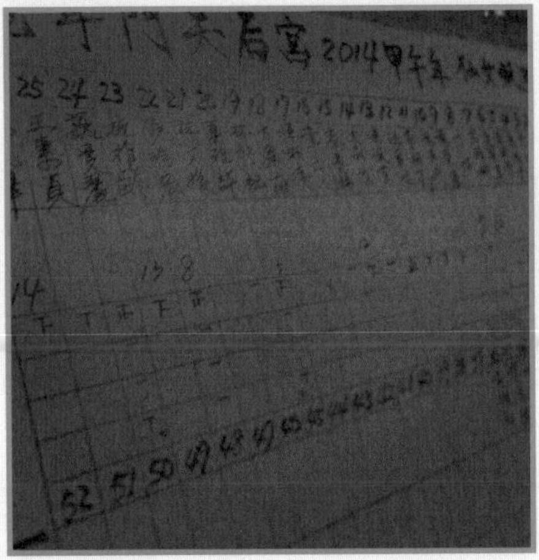

（右）擲筊競賽的計分板，那年有近 40 位想成為仙女的女子前來參賽。

—

（下）大年初三我換上廟方提供的仙女裝為信眾「香湯賜福」，一旁是陪同我參賽的家人。

廟方的仙女名額正取12名，有志成為仙女的女子們輪流擲筊競賽，看在六次機會中誰獲得的聖筊最多，即可獲得仙女擔當的資格。我在六次中一共擲了四次聖筊，進入第二輪PK賽，最終以第八名獲選。

大年初三，我換上廟方提供的仙女服裝，站在廟正門口，迎接每位前來的信眾，用柳枝沾聖水滴在他們頭上「香湯賜福」（就連信眾抱在手中身穿唐裝的吉娃娃也沒遺漏），並祝賀新年快樂，當他們雙手合十低頭向我說「謝謝仙女！」，我覺得自己就是仙女了。

榮耀一生的仙女證書（泣）。

中場休息時間，我和其他的仙女志工們聊天，她們似乎把這活動看得稀鬆平常，那當上仙女的意義為何？

她們回答我：「榮耀一生呀！」

《紙娃娃／局部》紙本、鉛筆、廣告顏料，2017

穿上中華民國小姐的選美裝，和我一起當仙女去（飄～）。

壹之肆

~一切都是命中注定~

★☆★☆★

據說前往西方極樂的路上會有仙女奏樂，沿途散著繽紛香氣的花朵，還有一道光指引你去一個更美好的地方，但你有想過那道光的照明設備長怎樣嗎？

我腦海中浮現的是站在岸邊手持燈火，宛如燈塔般拯救溺水父親的林默娘，她拿的燈又是什麼型號呢？是緊急照明燈嗎？如果沒電了，誰來告訴我們接下來要去哪兒？仙女會來救我們嗎？

在我還沒學會如何正確發出「ㄣㄥ」這兩個注音符號音之前，就已經熟記《漢聲》雜誌社所出版的《漢聲中國童話》，有聲書裡所有和仙女有關的故事，都是媽媽每天開車接送我們四個小孩上下學時車上的背景音效。

每卷卡帶我至少聽了十遍以上，對於喜愛故事的執著程度，可以晚上不睡覺發瘋想找出它屬於哪一卷錄音帶，卻因為當時太小不識字，只好一卷一卷放來聽，一切都只為了能再次進入故事中的幻境。而沒故事聽時，我最喜歡和弟弟妹妹玩扮家家酒，我每次都說我要當仙女，畫畫也都在畫各種仙女，以月光仙子最多。

多年後，當大家開始稱呼我為仙女，證明我童年時期吸收的故事養分，已經流進我的血液，一輩子跟著我了，那蘊含了大至整個民族，小到家庭單位的生活哲理，甚至影響了我的擇偶標準，畢竟我是聽這些仙女故事長大的……

五歲時畫的仙女下凡圖，很小就預知自己會當仙女。

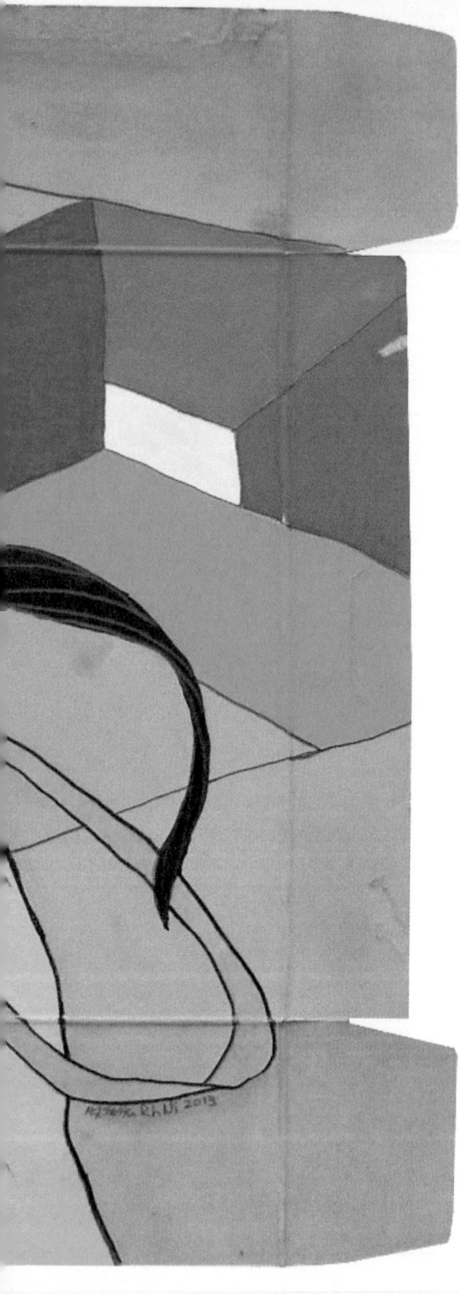

《請認明仙女牌光明燈》

奇寶餅乾盒、鉛筆、廣告顏料，2013

—

仙女照亮的道路是正確的嗎？海神默娘在指引遇難船隻時，她手上拿的燈具會是什麼款式？如果她拿的是緊急照明燈，那當電力耗盡後，我們該怎麼辦？

壹之伍

~仙女是怎麼被製造出來？~

★☆★☆★

現代人對於「仙女」這個名詞的解釋，泛指外在形象不食人間煙火的清麗女子，如果內在還擁有一顆善良體貼的心，獲得「仙女」標籤更是當之無愧，這也是對女子（或某些男性）整體氣質的一種最大肯定與讚美。

「仙女」也可以用來在描述一個人很「仙」、她今天的穿著自帶仙氣，她這人完美如仙女般。而通常被分類到在「仙」區的人類，多半有不具侵略性，有著高冷脫俗的行事風格，或是真的沒活在人間？

神話故事中的仙女都住在仙境、仙宮裡，看似光鮮亮麗的生活環境，做的事和高級女服務生差不多，服務內容有準備飲食、唱歌跳舞給長官們助興，在長生不死的設定裡，不斷重複著永無止境的日子，這也不難理解仙女們為什麼會想來到凡間尋找愛的樂趣。

只是仙女就是仙人，和滿是缺點、會變老、變醜的凡人相比，集了永恆的美好、善良、吉祥於一身，因此仙女的夢幻形象建立，更直接反映作者的內心渴望，只要你孝順長輩、為人大方、擁有良好的德性，就能得到仙女的下凡陪伴作為獎賞。

於是乎勸世人當個好人的理由，就這麼在文化圈中一代傳一代，但等到「真仙女」求嫁的機率比撞見外星人還低，我們偏偏又很想娶到仙妻該怎麼辦？此時仙女就成為凡間女子們形象管理的理想標準，順勢也成為一種典範，把摸得到的女生教育成仙女比較有效率。

那仙女又是怎麼被製造出來的呢？首先，我們要看這些仙女的故事都是哪些人在寫，尤其是裡頭和非人類女性談的香豔愛情故事，更反映出創作者內心最真實的內在渴望。

自由戀愛這種洋人時尚，是在五四運動後才從西方傳進大中華，這之前年輕人的婚嫁都是由家族長輩安排。根據儒家系統，女子從被小教育三從四德是基本動作，思想與行為合格才能嫁給好人家，而嫁對人攸關妳的一生成敗。

除了當賢妻良母，老公早死妳也要死守住節操，必須等到貞節牌坊申請通過才算圓滿。表面上看似受惠的都是男性，但他們也被這些禮教束縛壓得很悶，不一定真的滿意與爸媽選的大老婆共度一生，如果經濟條件不佳，更無法負擔帶小老婆回家一起養的高額帳單（或根本沒人要嫁）。部分苦悶書生只好將他們對現實的空虛大洞轉移到文學創作上，自己的理想情人自己寫，讓準備大考的孤獨時光還能有個慰藉……

回到現實生活（跳一下）。

還在苦惱不知道仙女們都在哪出沒嗎？不用遲疑了，如果你從小立志要遇到仙女，大學志願可以儘量選填內建藝術類科系的學校，直接讀藝術大學是最有效率，大概在五個同學中就有可能遇上一位仙女，數量和比例極高，還能沐浴在香飄飄的環境用心向學，也算是一種幸福（？）。

至於才華與仙氣的關聯又是什麼？某次在學校的期末作品發表上，我目睹一位女教授質疑一名仙女那學期的創作表現，指出「妳的作品和人一樣漂亮，但很空泛。」（！！）聽到當下內心震驚無比，讓我禁不住思考究竟作品和人一樣有仙氣是不是一件好事？

從前面的仙女傳說由來研判，類「仙女」的女子在戀愛擇偶市場上十分占優勢，在一般生理男的擇偶標準內，能家有仙妻何樂不為？但當該女太過沉溺於自己的仙境生活，不願光臨凡間、更新俗事進展，會很容易變成「老仙女」這種高危險族群。

對於人生還有尋求春天規劃的仙女們，也許偶爾來呼吸一下凡間帶有懸浮微粒的空氣，可能對妳的桃花運有所助益。

《景觀台》

乾麵包裝盒、鉛筆、廣告顏料，2013

—

騎在空中的仙女，創作靈感源自一名單車愛好者的委託，他要我幫他畫刺青的圖案，但畫面呈現出的單車女孩似乎有些危險。

《仰頭期待著兩人的新生活》

餅乾包裝盒、鉛筆、廣告顏料，2016

—

在捷運看到隔壁乘客手上的喜酒謝卡，驚訝現代年輕人拍照真的很有創意，於是靠著印象將畫面描繪出來。

壹之陸

~冷門版的仙女故事~

★☆★☆★

除了一般大家知道的七夕故事，我還聽過好幾種不太一樣的版本，為了釐清正宗牛郎織女故事的真相，我特地跑去國家圖書館研讀專門研究仙女神話的論文，[1]發現原來我們認知中的故事還有其他發展，這些情節也成我創作的素材。我也喜歡在幻想中「曲解」這些故事，因為太過喜歡，我摘錄幾則經由我創作「改編」的「冷門版」仙女故事和大家奇文（圖）共賞。

虛擬是最遙遠的距離

自從牛郎被哥哥與嫂嫂趕出家門後，他也不耕田了，整天和水牛泡網咖玩《純愛手札》第一代戀愛模擬遊戲，在水牛指導下每天攻略織女。看來這段戀愛最遠的距離其實是在虛擬與真實之間，他們真的有辦法在七月七日相見嗎？還是牛郎只能去買織女抱枕？

[1] 蔡其蓉，2007，《異類婚戀故事類型與性別文化研究》，台北：國立台灣大學中國文學系碩士論文。

《牛郎與織女》 紙本、鉛筆、水彩，2019

被我曲解的七夕故事之一，牛郎整天和水牛泡網咖玩《純愛手札》。

《牛郎醫生》集點換成仙資格

牛郎是名獸醫，12歲時父母雙亡，從那天起他四處行醫，他聽傳說只要救活一千隻病牛就可以成仙，當他在救第九九九隻牛時突然陷入昏迷，彌留時遇到觀世音菩薩相救，醒來時繼續救牛，終於達成一千隻牛換成仙的資格，於是玉皇大帝邀請他上天參加表揚大會。眾仙都愛他，特別是王母娘娘最寵愛的小女兒織女，當場就對牛郎一見鍾情。

以下為她的倒追計劃：首先她叫玉帝老爸別給牛郎封仙，讓他先在天庭多爽幾天。接著每天去找牛郎聊天，洗腦他天庭很無聊，當仙人也就這樣，不如在凡間救牛來得有意義。牛郎想想也是，就和玉帝告別。

牛郎回到人間才一天，織女就找上門，說決定不當仙女也要嫁給他，牛郎看她沒地方去就答應織女的求婚，兩人同心建立起美滿的家庭。一年過去，織女知道自己即將被遣返天庭，只留下一隻繡花鞋、一對剛吃飽的兒女，她還來不及向外出行醫的牛郎告別，就被王母娘娘帶回天上。牛郎趕回家發現老婆不見，對天空吶喊。善良的喜鵲聽到，飛來要牛郎穿上織女的鞋，帶著孩子，在牠們護送下讓他們一家團圓。接下來故事就是七夕的由來。

《牛郎醫生》 紙本、鉛筆、廣告顏料，2019

牛郎正在「集點」，為牛進行產檢，因超時工作，嚴重過勞，彌留之際他一邊摸著身懷六甲的母牛，一邊看著觀音菩薩顯靈。（牛圈主人喜歡收集來自世界各國的牛，十分可愛。）

國定洗碗日

大部分七夕故事的版本都在形容一段可歌可泣的婚姻和愛情故事，但另一篇在台灣雲林流傳的牛郎織女版本，似乎更能反映婚姻生活的真相。

織女本來就是千金小姐，上門提親的人不少，但她永遠只擺一張臭臉，苦惱的老爸說如果有人能讓她女兒笑，他就把女兒嫁給他。地方青年牛郎注意到，織女總會在住家後院梳她那長長的頭髮，牛郎明明禿頭卻在一旁模仿，逗得織女笑呵呵，成功娶仙為妻。

婚後兩人因身分懸殊，注定分開，本來規定每月初七見一次面，卻被傳訊的善良喜鵲報錯，變成每年七月七日才能見面。牛郎可能是在賭氣，從此不再洗碗，碗堆到比山高，待見面那天全給織女一次洗，織女每次都洗到哭，這也是七夕前後常會下雨的緣故。

因為善良喜鵲誤報消息，牛郎織女對外放話，凡是在七夕那天讓他們看到喜鵲出沒，就會把喜鵲的頭剁下來，從此七夕那天人們再也看不到善良喜鵲在天上飛，因為牠們都去避難了。

（我再次宣布七夕為全國洗碗日！）

洗碗真的是一件會一秒戳破愛情泡泡的巨大考驗，我人生中遇過一個哲學家，他是唯一一個和我說熱愛洗碗這項家事的男性，他說洗碗很療癒，幫助他思考，你們聽到了沒！

《國定洗碗日快樂》 紙本、墨汁、水彩，2020

牛郎經由廠商贊助，獲得一台洗碗機，宣傳代言「國際洗碗日」，從此不必等七夕，他自己就能洗完所有的碗，因此在一年一度與織女相見的日子，織女不必再掉淚，善良喜鵲也保住了性命。只見牛郎開心地同妻子分享乾淨碗盤的喜悅，我想這就是國定洗碗日的真諦。

孝子與七仙女

七仙女的傳說在我的「曲解」下還有以下另一種發展：

七仙女平常都在網美店打卡喝下午茶，聊感情心事，當然也會帶上「手提包」，像是暖男董永就會陪他老婆出席，董永的臉還是依據當時我幻想可嫁的一個網路男子形象所繪。而仙女大姐織女的老公牛郎則是被水牛帶壞，被硬逼出門陪姐妹聚會，但卻在旁打《傳說對決》。姐妹聚會攜帶男伴可能不是一個必要選項。

《仙女的下午茶》 紙本、鉛筆、廣告顏料，2017

七仙女在網美店打卡喝下午茶，一旁有董永、牛郎和水牛。

《天仙配》或《董永與七仙女》

不過我們還是回頭看看這個最早被記載在《搜神記》中，被稱為《牛郎織女》姐妹作的七仙女傳說。

傳說中《董永與七仙女》故事的女主角和織女是同一人，但一女侍二夫已超過儒家規範，便刻意將這部分模糊。[2] 2004年中國的《歡天喜地七仙女》電視劇，便將織女改成七仙女的大姐，因為她最有和凡男戀愛經驗，知道談這種遠距離戀愛很辛苦，因此並沒有鼓勵她小妹「紫雲」下凡追愛，反正一年見一次也許對彼此都好。

這裡我們再把董永的故事複習一遍：

傳說中，董永是一名上進的孝子，只是家中實在太窮，父親病逝後他甚至連處理後事的錢都沒有，只能用一台推車載著父親遺體四處行動。故事中他來到有錢人家的門口參加員工徵選，僱主看到董永的孝心，決定立刻僱用了他，並且幫他處理父親的安葬事宜，交換條件是他必須在期限內織出四百匹絹布才能贖身。

人在天上的七仙女小妹紫雲見狀，決定下凡幫助董永，卻擔心以仙女的華麗造型登場會嚇壞董永，就將自己打扮成一個要飯的街友，日日前往豪宅後門出沒，卻因整日裝瘋賣傻遭人排擠，但只有董永看了不捨，每天都將自己的員工餐留一半給她，結果兩人日久生情。

紫雲也加入董永的織布計劃，而且她效率更快，一夜就完成，還召喚仙女姊姊們一起幫忙，成功替董永贖身。由於她們共同織出的絹布太過美麗，造成搶購風潮，離職後夫妻一同創業，成為當地著名的絹布工坊，世人也尊稱老闆娘為「雲錦姑娘」。

[2] 這部分在書末附錄有詳細介紹，個人認為這種遠古仙女神話，似乎沒有嚴謹的權威記載可考，在不同時代與地區都有不同解讀，仙女故事編撰平台是開放的。

《仙女下凡》 紙本、鉛筆、廣告顏料，2017

一邊唱著70年代英國老團「The Rubettes」金曲〈Sugar baby love〉，一邊飄著金光，從天上下凡幫助孝子的仙女。

夜場牛郎仕女俱樂部

牛郎與織女的故事演變到今天，主要後續發展都著重在織女的仙女身分，以及他們愛情的偉大，但卻很少提及牛郎最後怎麼會變成「牛郎」，從雋永愛情男主角變成男性性工作者，中間發生什麼事?!

於是我Google了內容農場和豆瓣冷知識，上頭說這要從1969年的美國電影《午夜牛郎》(*Midnight Cowboy*)說起，這部由達斯汀．霍夫曼與強．沃特主演，英國導演約翰．史勒辛格的作品，講述一名天真的鄉下青年決定靠俊俏外形到紐約當男妓闖天下，但過程中困難重重，還將原本想騙他仲介費的跛腳男揍一頓，但卻意外讓兩人成為生命共同體，離開寒冷的紐約去更溫暖的佛羅里達州展開新生活。

資料顯示這部片就是「牛郎店」名稱的由來，我還期待電影很刺激，沒想到結局如此悲傷，劇中人好不容易靠美色弄到旅費到達南方，拋下過去，卻得面對摯友離世，這個劇情似乎很難與牛郎店的花美男產生連結。

但還是有跡可循，男主角的牛仔打扮會讓人聯想到雄性陽剛的床上力量，與男性性工作者所販售的內容一致，所以當初日本人會用「牛仔Cowboy」這個帶有異國情調低俗趣味的名詞來指稱男公關。至於台灣與日本關係密切，牛郎酒吧模式就是由日本引進台灣，牛仔Cowboy也被媒體獵奇報導直接譯為牛郎，從上個世紀中後期沿用至今。

好啦～這樣分析下來，牛郎會去仕女俱樂部上班也不意外，一切起因都是那隻牛，在我創作的《牛郎共乘》畫作，水牛還兼車伕從事外送牛郎的服務，開車技術媲美落日車神，靠祕密的Line群組經營外送事業，只是畫中的牛郎一號還在吸他偷來的織女羽衣～

P.S. 今年收編了一個衰男，他私下和我透露，其實他年輕時的夢想是當小狼狗，給有錢貴婦養，我看他資質不錯，可惜沒有早早入行，年過35似乎只能當老狼狗……

《牛郎共乘》

紙本、鉛筆、廣告顏料，2019

—

兼差充當車伕的水牛，外送牛郎一號、午夜牛郎等人進行交易。

2

Sexy Shian-Niu Paradise Case Studies

住在蓬萊仙山的仙女們
性感仙女遊樂園

仙女們都在哪出沒哪呢？當網路空間已有取代天堂的跡象，仙女們會不會也都搬到那居住呢？想起一件往事，1997 年台北前景樂觀繁榮，那年我七歲，陪爸媽去聽那時流行的海外度假村說明會，會議室走廊外牆掛著裱框的度假村實景：湛藍太平洋的小島、船型獨棟別墅、白色沙灘、悠哉搖曳的椰子樹、陽傘下穿著紅色連身泳衣的金髮仙女，笑容如此燦爛⋯⋯。

20 多年過去，前往海島度假村的日期依舊沒確定，成了我童年記憶的不解之謎，它真的完工了嗎？它真的存在嗎？

PARIS

貳之壹

～遊走天堂的領悟～

★☆★☆★

1998年我爸在家裡裝了第一台桌上型電腦，國小每週三的電腦課老師總會用「切螢幕」的方式，教我們如何使用成立不久的Google搜尋引擎、如何架設簡單的網站、怎麼養番薯寶寶……

大四那年，我選了一堂裝置藝術理論的必修課，那門課的眾多書單中，我特別喜歡一本由美國作家瑪格麗特．衛特罕所著的《空間地圖》[1]。這本書在1997年出版，那是1995年網際網路正式在人類世界普及兩年後的一本文化評論集，作者對當時的網路前景無比樂觀，似乎覺得未來人類的一切欲望都能這個虛擬世界中獲得滿足。

人類對於未來的假想與期盼，反映著該時代與社會的既有現狀，網際網路的蓬勃發展具有「天國」吸引力，是否也反映出當時美國人的渴望？假設網際網路已經具體呈現了基督教的天堂概念，是否從我們連上線的那一刻起，就可能漫遊在天堂的道路上呢？

我用這個觀點思考我的創作，並且套用在日常生活中，或是將這個概念融入台灣民間信仰的西方極樂世界，這兩者真的相通嗎？假設相通，那蓬萊仙山是不是也存在於網路空間？

由於這是1997年的觀察，今年已經是2020年，從原本的撥接上網、網咖上網、光纖上網，到3G、4G、5G人人都有智慧型手機隨時隨地都在網上，這二十多年來，發生在網路上的一切，與現實世界更難以區分，甚至可說是同步。

這時代所有人都有一虛一實兩個身體，終日在這座看不見對岸的訊息泳池中漂浮，不確定自己從哪裡來，又要到哪裡去。

唉，對於網路空間是否存在天堂的樂觀假設，至今我也不是那麼確定，「404斷網」頂多就是回到人間罷了。

---

1 瑪格麗特．魏特罕（Margaret Wertheim），1997／1999，《空間地圖》（*The Pearly Gates of Cyberspace: A History of Space from Dante to the Internet*），薛絢譯，台北：台灣商務。

《防火後巷漂漂河》

玉米片包裝盒、鉛筆、廣告顏料，2014

——

讀了一下電腦遊戲發展史，介紹一款1984年上市的一款遊戲「Marble Madness 狂暴彈珠」，好奇 Google 了一下前幾代的畫面截圖，竟然在水迷宮關卡看到一片山水風景畫——像廁所瓷磚的格子牆面，整個混搭起來成了一座放置盆栽台北防火巷的後花園。當初作畫時滿腦子都是網路仙境的畫面，沒想過要放任何角色進去，但就想加個無用的鐵窗。這幅畫完成後變得有些尷尬，它不屬於任何一個系列，也找不到理由展出，就被我亂放在家中角落被雜物堆淹沒。有次我想在書架沼澤中尋找一本書，竟然挖到這失散多年的寶貝，傳給畫廊老闆鑑定後得到認可，難怪風水老師都說家裡打掃乾淨整齊會招財。

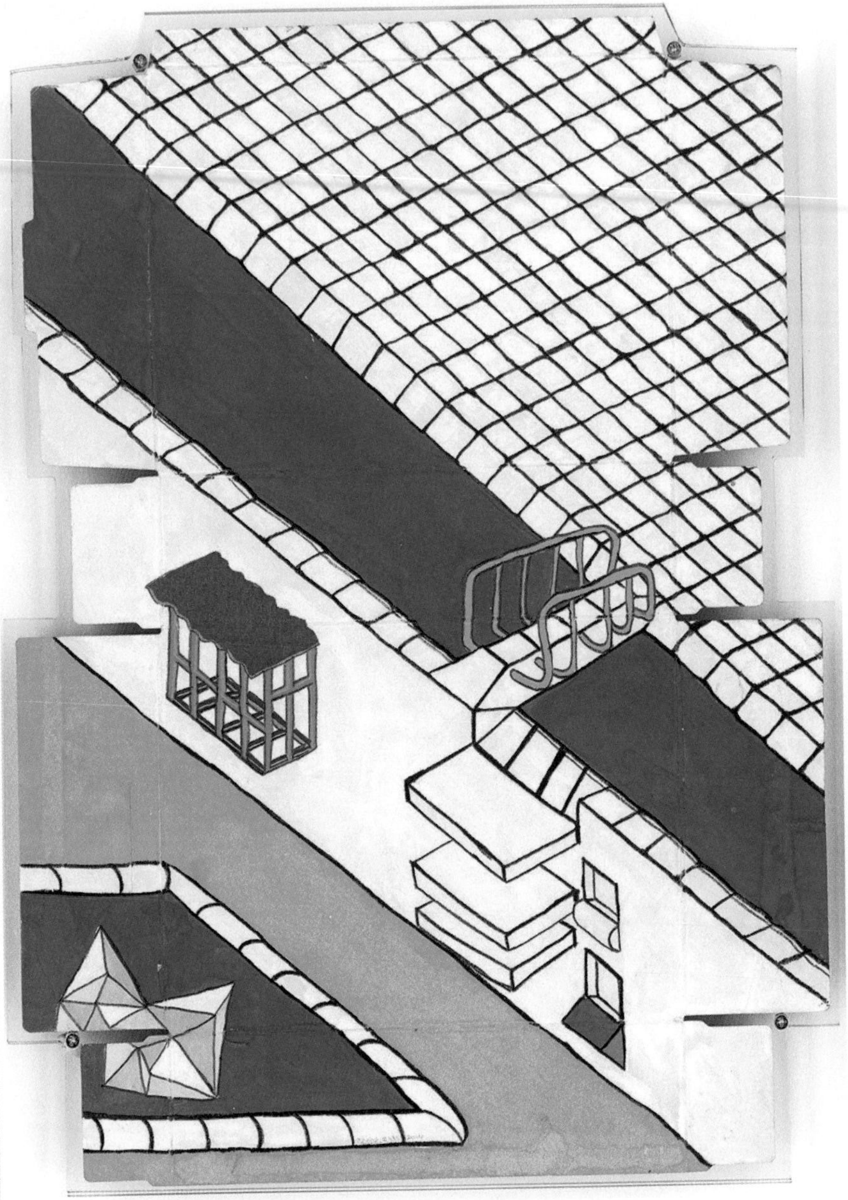

貳之貳

~蓬萊仙山旅遊辦事處~

★☆★☆★

自從 YouTube 取代電視之後，我有很大一部分的創作靈感取樣來自 YouTube，它的資料庫齊全，我還能用超慢速播放，仔細研究每一影格所傳達的細微訊息，浪費超多時間。

有一次很無聊，索性放棄睡眠，看了一整晚台灣傳奇深夜頻道「蓬萊仙山電視台」的節目，其中一個名為《清涼內衣秀》的鏡頭語言令我深深著迷。該節目的劇情簡單，就是讓數個穿著性感睡衣的美眉們，抱著海灘球在公園草地上玩耍，或是坐在泛舟橡皮艇上假裝努力划水。

在浪漫薩克斯風的伴奏下她們一個一個出場，緩慢的運鏡從她們南國情調的美麗深邃五官，移至骨感偏瘦的身材，再特寫在她們的胸腰腿，接著向上特寫她們略帶尷尬但有些微愉悅的表情。我用 1.5 倍慢速重複播放了三次，試著要在美眉們的眼神中找尋她們對外釋放的訊號，想知道作為一個性慾望客體的感想是什麼？她們有意識到自己此刻在幹麼嗎？

於是我在《清涼內衣秀》的作品，翻玩美眉們在影片中的姿態，想像她們彼此間的勾心鬥角，加強她們動作上的多樣性。我想藉此探究當美眉們脫離了原本的被定位的洩欲功能，她們離得開嗎？第一次展出這幅畫時，我問了駐足畫前的男子最喜歡哪個女孩，他們一致認為畫面最左的粉紅女子看起來最隨便，而眼鏡被球撞歪的女子似乎有融入群體的障礙。

※

24歲那年我考上北藝大的美術研究所，期末發表了一件延續關於「蓬萊仙山」的作品，這個作品是從某次的夜市約會獲得靈感。小時候我爸很愛帶我們來逛華西街夜市，當時我嫌棄這裡是老人夜市，賣的衣服老氣，最新流行的小吃一個也沒看到，但他總會在夜市裡買到各種怪奇的新玩具給我們，例如我的第一隻電子寵物雞就是在那買的。當時我收到整個開心到不行，感念終於能趕上班上同學的流行，不過當我帶去學校掏出來向同學現寶時，卻被說好像哪裡怪怪的，原來那是一隻疑似盜版的雞。

某日P先生[2]說要帶我去看一個神祕東西，他騎著那台左後照鏡不見的機車來接我，我們一起前往龍山寺旁的華西街夜市。P先生直接帶我到一攤專門賣鐘錶鬧鐘，指著一台配有雙層捲軸流動風景的大型掛鐘給我看，紅色的電子數字顯示著時間、年月日還有氣溫，我凝視著不斷飛過去的雲朵與仙鶴，我當場興奮激動不已，立誓自己也要做出一台。

因為無法確認該物品確切名字，我記下品牌關鍵字去淘寶訂購了一台回來實驗，才興高采烈要開始，卻因入學健康檢查被診斷出患有輕微肺結核，被送進醫院住在一間探病者必須戴上N95口罩的病房。由於人生第一次被國家歸類為高危險群人類，覺得自己很特別的同時，順便查了歷史上患有肺結核的名人，除了大批浪漫主義作家之外，竟然我童年時的偶像——「馬王堆」中西漢長沙國丞相利蒼的夫人辛追[3]也是肺結核患者，當時還為了這個發現沾沾自喜好一陣子。

出院後，我用這個曾經被國家監控的軀殼（送藥人員每天清晨都會來看我吃藥，不論我人在哪），全力投入在這個作品的製作上。最後我在台南開幕不久的「Ho-Yo Cookies」甜點店的附設展覽空間，發表了2014年的個展創作《蓬萊仙山辦事處》。

那是一間專門處理前往「蓬萊仙境」旅遊手續的辦公室，展覽空間場景陳設參考了「蓬萊仙山」深夜節目中，不時穿插的幾則美眉電話交友的廣告。

要靜心欣賞這些廣告，必須先忽視美眉們的時尚品味，以觀察她們身後的工作空間擺設，將綠色地毯上的粉紅火鶴鳥抱枕與塑膠棕櫚樹搬出來，放進展場，牆上配置一台仙境示意的實景燈箱，預告旅客們到達仙境可能會看到的各種景象，搭配耳邊傳來的蟲鳴鳥叫流水聲，望著畫中遠方仿希臘式小屋上漸漸飛遠的白鶴，你覺得等一下會不會遇到仙人指路？

---

[2] P先生是我在2013~2017期間交往的男朋友，我們一起去了很多地方探險，他陪我收集作品素材、佈展、當司機，當我對人生失望時他聽我哭。這麼多年過去，我還是會不時想到他，懷念的是當時陪伴彼此的種種，只要記住好的就行了，詳情可參照本書後面肆之壹。

[3] 王堆漢代古墓是上世紀1970年代於中國湖南省長沙縣的重大考古發現，墳墓主人利蒼夫人辛追和她的陪葬品經過兩千多年都保存良好，堪稱最強不腐女屍。90年代末期，整團古墓還曾巡迴到台北故宮博物院展覽，記得我當年國小三年級，我陪媽媽去故宮找資料，她就把我放在展場一整天，我在筆記本上畫下古物，還有迷人的利蒼夫人木乃伊。

《清涼內衣秀》

神旺飯店端午粽子包裝盒、鉛筆、廣告顏料，2014

—

看著 YouTube 上還殘留的「蓬萊仙山」清涼內衣秀片段，我將她們放回了那綠草如茵的攝影棚，假裝嬉戲打鬧，想像自己正在被觀看。

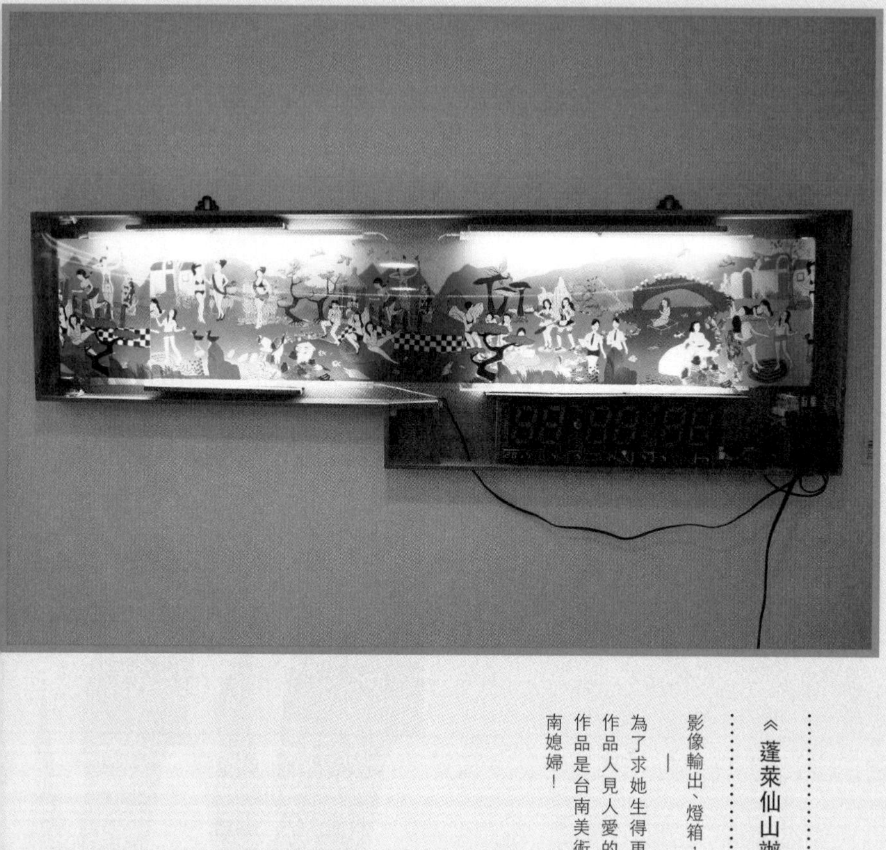

《蓬萊仙山辦事處：仙女燈箱改良第一代》

影像輸出、燈箱，2014

—

為了求她生得更美，我歸零了戶頭數字兩次，但為了作品人見人愛的靈氣，這點小錢又算什麼！現在這個作品是台南美術館典藏品的一部分，是貨真價實的台南媳婦！

《蓬萊仙山辦事處的工作情形》 紙本、鉛筆、廣告顏料，2017

另一個辦事處風景，仙女員工中午想叫椒麻雞便當。

第一次在台南展出的現場，小小的類比電視播放著仙女嬉戲的片段，而躺在柔軟紅鶴抱枕上的我，期待您的來電。

後來我帶著《蓬萊仙山辦事處》去參加「桃源創作獎」，頒獎典禮那天為了追求和作品風格一致，我打扮成清涼內衣秀裡的美眉，穿著在網路上 24 到貨的廉價性感睡衣，站到台上領獎搏版面，當時感覺人生有無限可能。一旁只拿小獎的嘟嘟嘴男孩紅著臉說，當他看見我的打扮，所有比賽揁龜的氣餒瞬間煙消雲散。一週後我去維修作品，在桃園展場遇見一班戶外教學的國中生，一個弟弟用奇怪的笑容對我說：「姐姐妳知道海豚是性的象徵，牠們和人一樣也有豐富性生活喔！」嗯嗯，長知識了呢！（P 先生 攝影）

貳之參

~台灣是蓬萊仙島？~

★☆★☆★

分享一個「蓬萊仙山」典故的冷知識：[4]

相傳遙遠的東方渤海有個深不見底的歸墟大洞，裡面漂浮著五座神山，分別是岱輿、蓬萊、方丈、員嶠、瀛洲，神山住著許多神仙，東晉學者郭璞對《山海經．海內北經》中之「海中蓬萊」有這樣註解：「上有仙人宮室，皆以金玉為之，鳥獸盡白，望之如雲，在渤海中也。」

蓬萊仙人除了住在金碧輝煌的宮殿裡，還放養各類珍奇異獸，甚至還設有長生不老藥工廠。讓歷屆愛權力又怕死的人士們，十分熱衷於尋仙藥活動，在《史記》裡就有記載秦始皇晚年多次派童男童女尋藥團，至今都沒消息，也許還在迷航中。於是蓬萊仙山的傳說成了賦有原始神話樂園、道教寶地的仙境樂土，並出現在中國各朝文學作品中作為烏托邦的多重意涵，訴說著一個現實與理想矛盾的永恆空間。

那台灣被叫做蓬萊仙島，這又是怎麼一回事？

我在一本封面印有微笑馬英九的藍天白雲《湖南文獻》期刊讀到一篇討論專文，[5]大意是說過去冒險來台尋找人生新方向的人士，將目的地理想化是激勵自我前進的動力，因此他們很自然將根植在文化裡的海外仙山傳說，移情到對新世界的期待。

早期風土民情調查與歌頌土地的文學作品可以看到這類記載，例如在《恆春縣誌》就說在屏東縣有座「女靈山」有海上蓬萊的氣勢，山上產有一種「香香茶」，喝了使人精神百倍，宛如聽到春吶。

4 沈曉雯，2003，《當代台灣小說的神話學解讀》，國立暨南國際大學中國語文學系碩士論文。

5 陳明德，2008，〈臺灣「蓬萊仙山」傳說源流——從海洋文化與移民社會視角剖析〉，《湖南文獻》，第2期。

就算連雅堂阿公都科學分析過台灣和蓬萊傳說的關係不大，大家卻依然樂此不疲地將台灣稱為「蓬萊」。不過將「台灣＝蓬萊」思想發揚光大的最大推力，卻是1926年在台北鐵道大飯店舉辦的一場「日本米穀成果大會」，當時的總督伊澤多喜男將剛在陽明山種植成功的日本米正式命名為「蓬萊米」，從此台灣人都能在蓬萊吃到貨真價實的仙境米。

如此一來台灣便有了蓬萊路、蓬萊里、蓬萊村、蓬萊溪、蓬萊國小、蓬萊閣、蓬萊高爾夫球場、蓬萊漢堡、蓬萊便當快餐、蓬萊排骨酥、蓬萊仙車、蓬萊陵園、蓬萊仙境度假村……當然也有蓬萊仙山電視台。

《 第一屆仙藥廠參訪團 》 紙本、鉛筆、廣告顏料，2019

我把千年前想尋仙藥的帝王們找回來，幫他們組了團，參觀設於中國的製藥工廠。離開前先王們愉快地在工廠前合影，想到終於能一了長生不老心願，大家都十分愉悅，廠長維尼也覺得無比光榮，而藥中的成分含有來自仙女們親自採收的仙桃，必定能延年益壽。

《救命恩人大金魚》

義美小泡芙包裝盒、鉛筆、廣告顏料，2015

研究所的英國教授看了我的蓬萊作品，推薦我看一部前東德的兒童電影，綠色頭髮的公主想幫一隻受困凍湖的魚脫困，後來她快溺水時，大魚回來幫忙。那條魚是人扮演的，我也想和他走。

NAUGHTY DOG
APPLE TREE
BABY RABBIT
CAT'S APRON
BABY HOUSE
YACHT
SAND BUCKET
CANDY BOX

貳之肆

~這兒是蓬萊仙境~

★☆★☆★

「那些到不了的都叫做遠方，所有美好的都叫蓬萊。」

曾經有想過如果寫一本有關台灣傳奇深夜頻道「蓬萊仙山電視台」的歷史研究書，真的有人會想要讀嗎？還是就讓這一切被掃進歷史塵埃裡？只是蓬萊仙山電視台的網路資料已經夠少，比六年前搜尋時又被稀釋得更加破碎，當我回頭認真檢視我的「蓬萊仙山」系列作品時，就更想弄清楚當年無法解開的謎題，開始繼續向下深掘！

民國85年「蓬萊仙山電視台」在左營登記，曾經是台灣唯一一家設立於高雄的獨立電視台，創辦人莊添光先生是一位被歷史遺忘的地下媒體大亨，在電視台成立之前，曾因為行事作風走在太前面，被國家機器抓去關了三次，這些都沒有澆熄他戰鬥的野心。

「蓬萊仙山」這個命名的前身是「海上仙山」，由於太過縹緲，讓公司吃了不少苦，經算命老師的建議改名「蓬萊」，讓屬兔的莊老闆有草吃，於是山有根了，公司穩了，收視率也高了。過去新聞報導常常會說「掌控媒體就掌控發聲權」，莊添光的營運計劃是要以「發揚本土文化」的精神製作節目，白天的節目內容十分豐富：阿姨講古、神奇果菜機、武俠布袋戲、健康小撇步、無油煙廚房料理、今生福報、警世劇場等，同時還販售成藥和改運商品。

到了深夜時段，會有辣妹賓團和夢中小情人陪你玩遊戲（附上可電愛的0204熱線），完全滿足老百姓們一天所需的娛樂。至於每次節目開始前那氣勢磅礴的橘色海上仙島台呼，完全應證了台灣就是蓬萊仙山的創台理念，在當時電視頻道邊緣區裡頗具代表性。

但這電視台現在已經不存在，我迫切地想知道後來到底發生了什麼事？從新聞標題裡得知創辦人疑遭地下錢莊逼債自殺，這是造成「蓬萊仙山」走向徹底失敗的結局原因嗎？

於是我逼自己去做這五年前就想做的事，鼓起勇氣從一篇古老的新浪網誌，找到了電視台前員工柯武村先生，希望他能接受我的訪問。感動的是，柯先生在24小時內就回覆我了，並且又針對我的疑問介紹了曾是莊添光得力左右手的二兒子小莊先生。彷彿有冥冥的力量推動著，他立刻接受我的訪問請求，剛好我也準備去高雄，一切都安排那麼好。

我們約在85度C咖啡碰面，小莊先生提早赴約，穿著透氣材質的亮黃色Open 小將 T-SHIRT 的他（衣服紮進褲內模樣就像個普通理工宅），獨自坐在內場座位顯得格外顯眼。當回憶起他老爸，戴著銀框眼鏡的他表情有些凝重，接下來我竟然聽到一個台版AV帝王的傳奇故事，只是還牽涉了台灣早期的黨外運動、自製地下軟色情錄影帶流通、第四台衛星之戰，更帥的還有無線電干擾台視斷訊、坐了三次牢、在監獄裡寫出多部電視劇劇本，堪稱台灣最強地下媒體大亨！

小莊先生還透露一個有趣的經營小故事，過去電視台會用節目收視率判斷台灣經濟狀況，如果景氣好賣藥廣告的回購率就很高，如果景氣不好命理節目「叩應」就會很難打（你看看是不是跟經濟學的短裙理論很像）。

遺憾的是，這個以傳播本土精神的獨立電視台卻沒能熬過2005年NCC國家通訊傳播委員會的換照風波，在多次會議紀錄中被指控內容廣告化，而且詳細記載節目如何讓來賓採用「能量金蟾蜍招財法」（這不是業配先行者嗎？），還有未落實節目營運計劃（你說是深夜的美女伴唱帶不夠本土？）因而遭遇停播命運。

斷訊的那一刻，莊添光立刻招集兩台遊覽車，大隊人馬北上去新聞局抗議陳情，但依然無法阻擋停播後的巨額損失，公司財務陷入困頓，緊接著被「凱亞電視台」收購。失敗的復出計劃，一連串的沉痛打擊，2012年他結束了自己和蓬萊仙山的生命。我在一則噗浪讀到了他自殺的訊息，僅有的四個回應中，帳號「醉後菸酒生傑瑞許」留言說「他會懷念著那串熱熱的深夜節目表」，另外還看到一則溫馨告別式的臉書打卡貼文，感念莊先生帶給大家的愛。

啊！為什麼這麼屌的故事我在網路或國圖都查不到？我問小莊先生以前都沒有任何研究人員或記者來採訪過嗎？

他說自己也很想為父親留下一個紀錄，也許是父親的影子太巨大，他還沒走出來，導致實踐的計劃十分鬆散。自從十年前牌照賣出後，除了NCC事件那段時間，從未有人前來關切，只有接到我的採訪。聽到這個回答我頓時感覺被召喚，在「蓬萊仙山」還沒被台灣人遺忘之前，似乎現在只有我能做這件事。

最後，小莊先生開心和我分享他爸生前的三百多張照片，一直說爸爸又高又帥，是個萬人迷型的豪邁大哥，女朋友多到他其實也搞不太清楚誰是誰。回到台北後，我靜靜地又看了這批照片幾次，影像裡的莊添光先生也望著我，我彷彿聽見他在問我：「妳也想加入我的美眉共和國嗎？」

《蓬萊仙山創辦人莊添光先生於蓬萊仙山觀光園區留影》

紙本、鉛筆、廣告顏料，2019

—

當網際網路的全面滲透成為百姓們獲取娛樂的管道，也暗示了台灣第四台當年的激戰都將成為過往雲煙，蓬萊仙山卻依然漂浮在電視兒童世代的腦海裡。在小莊先生分享給我滿滿都是他阿爸生前帥照的Google相簿裡，我一張張細細翻閱，莊先生身高挺拔，獨照時喜歡雙手扠腰，眼神堅定自信鎮壓全場，我凝視著他的眼睛，彷彿他也正在另外一個世界眷顧著我。

貳之伍

~遙遠對岸山東一個叫蓬萊市的地方~

★☆★☆★

蓬萊市位於中國山東省煙台市，是一座濱海縣級小城，其中「蓬萊閣」國家5A級旅遊景區，相傳是秦代方士徐福組團尋仙藥的出發地，也是被目擊八仙過海的地點。因景色優美，在某些特殊天氣條件下還能在遠方海面上看到海市蜃樓。

2019年夏天，我幾乎要到蓬萊市，都已經那樣靠近，卻依然到不了（扼腕），且聽我娓娓道來。

大學時我參加過幾次由中共出資的兩岸文化交流活動，你也可以說那是「統戰旅行團」，就是讓台灣的大學生用十分廉價的團費去中國吃好喝好住好，並且欣賞紅色愛國情操的表演，我還在人民大會堂聽過當時還是副主席的習大大向台灣青年喊話，不過台下的灣灣們竟然都睡成一片。

這類兩案交流活動在政黨輪替（國民黨下台）後就鮮少發生，直到某次家族長輩問有沒有人要代替他去山東玩，我看了這個「長輩團」的行程表竟然有蓬萊市，眼睛頓時一亮，立刻舉手說我要去。

登陸中國後，每到一座城市晚上都要聽該城的「統戰部長」致辭，光這件事就讓我渾身不對勁，也開始懷疑這趟旅行的真實目的。我意識到自己正身處在同溫層外，還是一個帶有危險台獨思想的28歲老妹（全團最年輕），更讓人沮喪的是拿到整團定案的行程表時，發現我參加該團唯一目的「蓬萊閣」景點被取消了。

於是我跑去問台灣團長能不能通融一下，調整行程或者放我脫團，她和藹地笑了一下。我不死心，又跑去問了陸方代表，看能不能讓我脫團半天去蓬萊閣玩耍，他說得問問領導。

當遊覽車抵達煙台市我更是躁動，下載了「滴滴打車」APP，研究了路線和車程，讀了所有相關的旅遊評論，自以為準備萬全，隨時想找機會開溜。

「我只是想要去看蓬萊閣，八仙就是在那裡過海耶！才一個半小時的車程，只要讓我去一下就好，你知道台灣八仙樂園都沒了嗎?!」就在我三度騷擾陸方代表，希望動之以情，卻立刻被責備說不要鬧了，要我尊重主辦單位。

儘管再三強調一定會沒事，要求對方用手機GPS定位監控我的行蹤，並且保證自己一定會回來，最終脫團的請求還是被駁回，並被嚴厲訓斥：「如果每個人都像妳這樣想去哪就去哪，我們都要放行嗎？這件事如果鬧到上面，也許以後都不能再辦這類交流活動，妳要害我們大家嗎？妳想去下次自己來不就行了？」

但是我真的會想自己再來嗎？

我開始思考「顧全大局」與「聆聽多元聲音」意味著是什麼，就算當那顆毀壞兩岸和平的老鼠屎聽起來真的很誘人（真的白目），眼看全團沒人支持我的蓬萊行動，只好難過暫時妥協。

受到這打擊，我莫名奇妙的創作欲又燒起來。

最後一天聯歡晚會上，我主動提議要幫忙台灣長輩們做他們表演的背景投影，就在他們表演民族大和解展現兩岸一家親的時候，我投上巨幅小熊維尼與他的好朋友跳跳虎的圖片（白目行為無誤）。當時我坐在台下盯著桌上奢華的海鮮席，內心參雜著興奮和恐懼，似乎沒人察覺到我的「用心」

（又或是大家裝沒事），領導來敬酒時也只是誇我穿得很性感。

這份忐忑不安的心，直到出了中國海關，回到台北我才鬆了一口氣，想著下次如果再去可能真的會消失在蓬萊。

山東旅途中拍下我自以為最接近蓬萊仙境生物的物件。

不被允許脫團，引發我的創作欲，於是在長輩團齊聲高歌展現兩岸一家親的時候，在背景投上巨幅小熊維尼與他的好朋友跳跳虎的圖片，現場有人看得懂嗎？

《 於山東的現地創作，維尼借我用一下 》 便條紙、原子筆，2019

在團期間我參與了一場異常冷靜的藝術交流會，聽藝術發展協會主席冷靜地介紹濟南當地的傳統藝術內容。我隔壁坐的恰好也是一位來自台灣的大叔，他的頭銜是台灣某地的副縣長，我用眼角餘光研究他肅穆的眼神，以及在條紋 POLO 衫下突出的肚子，接著又注意到他胸前別了一個很小的紅色胸針，裡面有一座金色的微型天安門廣場，上方有圍成一圈的五顆星。我徹底被這一幕給驚呆，原來中國代理人的傳言都是真的。

焦慮之餘，我想起剛剛看民俗技藝中心的一幅 24 孝剪紙，主角是一個孝順的媽寶，他在切菜梗時不小心剪到手，看著血流的手指，想起身體髮膚受之父母的這個奧義，立刻流下珍珠般的淚，對於破壞了「神の肉體」感到自責，路人見到都稱讚他真是個孝順的孩子。我當下是多麼想把這位大叔拉出去要他解釋清楚，或是我先自殘。

貳之陸

~好好做人死後上天堂看仙女跳舞~

★☆★☆★

位在台南市麻豆區，麻豆代天府[6]是台南最驚人的王爺廟「建築實驗場」兼「勸世主題樂園」，被評為台灣版的迪士尼鬼屋。我是在台南生活時才知道有這樣一個地方存在，帶著一種獵奇心態與當時的大學同學一起前往參觀。

除了主神五府王爺廟、巨蛋觀音殿，廟的兩側還建有豪華的香客大樓，從右側香客大樓一樓走道進入，即可通往位在廟主殿後方附設的地獄入口，每人只要40元即可暢遊地獄。在最受歡迎的18層地獄劇場裡，展示著歷史悠久的機械裝置景觀，以掃地機器人稀鬆平常的今天看來，這些屬於民國60年代的地獄主題，除了帶有一種懷舊樸實感，並不會讓人感到身心恐懼，反而會為它停留在尚未前進的時代裡感到惆悵。

天堂入口就在地獄出口處，想參觀要再投40元，有經驗的導遊會說天堂不如地獄聲光效果刺激，但我個人是天堂派。天堂建築主體是由兩條戲水的巨龍構成，一路從龍尾進入龍身體內部向上參觀，循著吐水造型的階梯走出龍口即可離開天堂回到人間，而下方泡在水裡的龍口則是通往失修多年

《受邀去天堂參觀的善人們》紙本、鉛筆、廣告顏料，2017

我參考麻豆代天府天堂第六景的「仙姝獻舞」創作了這幅畫。畫中的善人開心喝著蓬萊精釀啤酒，一邊觀賞仙女跳旋轉舞，後方放歌的 DJ 是幾年前在我缺愛時曾有過一小段豔情的男子（畫下留念？），他說喜歡收集各種不同類型的女生，例如高難度的棉花糖女孩，但他還是偏好我這種天生具異國情調的女生，會想像我打扮成早期墨西哥太妹的模樣。嗯，我想就讓他也去天堂放歌好了，至少他的音樂品味不錯，不要再回來了。

的水晶宮，據說內含一座海底隧道，因漏水問題已經關閉三十多年，沒什麼人知道裡頭現在長什麼樣子。

上了天堂，那種被時代遺忘的尷尬感更是強烈，每一個場景都在演繹善人們往生後上天堂的生活。首先進入凌霄寶殿天堂會有天庭長官列隊歡迎你的到來，引領你前往小型法庭審核你的善人等級，看你會不會被分配到享受仙女駐唱的豪華宴席，或者搭乘神鳥鳳凰拉車與仙女們一齊共舞。接著你會在結霜的銀杏樹下與神仙下棋品茶，撞見牛郎織女相遇的場景，最後在山明水秀之地聽佛祖為迷途眾生講道開示。天堂的居民舉止稍嫌僵硬，動作與感應式的音樂並沒有同步，滾著華麗金邊的服飾布滿灰塵，牛郎的電動水牛也只會往牆角撞，但在明亮的藍天白雲彩繪布景襯托下，看起來依然美好。那時我腦海浮現的竟然是在YouTube看過的〈Bang Bang〉音樂錄影帶畫面，MV中最後一幕，Jessie J、Ariana Grande和Nicki Minaj三位美女在大樓天台直升機坪熱舞，那奢華的派對影像不就和天堂第五景之仙女遊園場景一模一樣嗎？

當天回家之後我決定了，死後不想去西方極樂世界，就去YouTube吧，或許那才是現今真正的天堂，我也想和米娜雞姐一起開趴。

6 1956年建造，台南知名開基五王廟，占地氣勢磅礡，地址：台南市麻豆區關帝廟60號。

代天府實地拍攝，有仙女們跳舞的晚宴，仙女們會旋轉，手部上下擺動，每一景都配有解說牌。

3

Ideal Shian-Niu Case Studies

事業有成的仙女們

理想仙女候位區

21世紀的仙女外表依舊美麗，她們不再屬於家庭，她們是整個社會明燈，散播正向力量，這力量也許不足以引發革命，但她們告訴了我們，該如何為生活做出更好的選擇。

深受她們啟發的我，認為這一切多麼值得被收錄在我夢想成立的仙女博物館，作為館藏一部分，我想博物館籌備小組都會同意我的決定。

參之壹
~一則綠色的小故事~

★☆★☆★

首先，我想說一個和本篇主旨看似有點關係又沒那麼有關係的小故事……

生活在台北，每個身高超過170，體重在合理範圍的女孩，都極可能被實踐大學時尚設計系學生找去當期末發表走秀的模特兒。我從大一開始，幾乎每年都擔任朋友的模特兒，我很享受那個過程，可以打扮得很奇特，就算鞋子多麼不好走，衣服材質多麼不舒服，想到可以成就才華洋溢設計師的作品（那些瘋狂創意的競賽衣服），還能順便欣賞美麗的人，這一切都值得。

不過這項讓我自豪的興趣，在25歲時出現危機……

我答應當一位關係遙遠的不熟友人的期末發表模特兒，一大清早來到現場做妝髮造型，結果因為體型發胖，褲子拉鏈只能拉一半，鞋子尺寸也是錯的，當時戴著全黑口罩，看似臉色慘白的設計師神情略顯尷尬，請我去廁所把衣服脫下來，立刻打了通電話抓到一名在附近吃摩斯漢堡的女孩前來救火。

我看著那位身材激瘦的女孩輕輕鬆鬆就穿上了訂製服，以及那雙對我來說偏小的鞋子，還甜甜地說「這褲子有點鬆呢！」，那時我就像灰姑娘故事中的壞姊姊，眼睜睜看著妹妹成功穿上玻璃鞋，趕搭上馬車去當皇妃，自己只能在家羨慕。

顧不得早已完成的誇張髮妝，當下只想與我前一晚特別全身去角質的軀殼離開現場，勉強擠出一絲笑容和他們道別，只聽設計師用微弱的聲音在我耳邊說：「真的不好意思……我再請妳吃飯……？」

那個當下我是綠色的，色號是「飛龍牌」第84號螢光綠。

《等到我結婚那天》(局部)

黃素描紙、鉛筆、廣告顏料，2015

—

遭受打擊之後我回家把自己畫成綠色的，用的正是「飛龍牌」第84號螢光綠，我就是那個穿老氣泳衣去公主婚禮現場的人。

參之貳

~我要飛上青天~

★☆★☆★

♫ 我要飛上青天　上青天～　我上七重天　逍遙自在像神仙～　不是夢話連篇是信念～ ♫

節錄自《我要飛上青天》一曲歌詞，香港女歌手葛蘭在她1959年主演的電影《空中小姐》開場唱了這首歌曲，片中她打扮成古裝俠女，在化裝舞會向賓客唱出她的飛行夢，當年這部賣座電影也對廣大少女植入了美好職業想像——想過好生活就是去當空服員。

空中小姐在機場行走的畫面是一種景觀，一幅好看的風景，她們身著剪裁合身的套裝制服，拖著精巧的行李，步伐一致。想化身成為這幅美麗風景的一部分，眾多年輕貌美的女孩們大學畢業就搶破頭去報考空服員，而我因為青春期突然抽高到170，在女同學堆中格外突兀，無法隱身人群的心情，讓當時的我內心感到困擾，甚至有點自卑，沒想到這項身體特徵，多年後可以被視為一項求職優勢。

家族親戚中有一對夫妻是退役空服員，從他們緬懷當年的言語和神情，

鄉下相館拍的比畢業學士照美很多了，但眉毛沒有全露出來，等於白拍。

我對空服員這項職業一直都很有好感，於是認真認為自己也該參與其中。

計劃第一步就是先上網收集相關資訊，仔細閱讀空姐論壇裡的貼文，參照裡面的寫作教學，半虛構一篇我如何熱愛服務人群的自傳，化了一個淡妝去台南六甲鎮上的照相館拍了空服員專用的證件照，還在房間雜物堆裡尋找我的多益成績單，身心靈都投入準備考試。

過程中最讓我驚訝的是，光「報考」這舉動就能形成一項產業，有眾多主打專業指導的空姐教室、空姐英文加強班、空姐妝容教學班，以及諸多成功考取的分享會。如果沒考上，也有一一幫妳分析問題點出在哪的課程，看妳是敗在眼睛不夠有神？忘記用唇線筆？膝蓋太黑醜？還是鞋子樣式不正確？又或是笑容角度計算失敗？

YouTube有個專屬頻道，影片中達成目標的女孩笑容可掬，拖著登機箱穿梭在機場免稅店愉快購物，再回到高級旅館房間分享實現夢想後的喜悅（順便介紹彩妝品）。另一個影片則是某退役空姐講解空服員值勤時的流程——在一個模擬的機艙空間，她頂著一臉濃妝面對鏡頭微笑，接著示範如何繫上安全帶、戴氧氣罩等基本動作，來到緊急逃生流程時，她穿好救生衣，從逃生門跳到一個未知的世界……

報考的前一晚，我反覆觀看這些影片，被我所看到的畫面徹底迷惑，迷失在她們僵化的笑容裡，由於美得異常荒謬，我一時興起，花了整夜將所看到的畫在撿來的廢紙盒上，等我回過神時已經錯過長榮航空的報名時間。

※

「全部的一切成為了一種幻想、一套商品、一道生產線，讓公司精挑鍛造一副好用的『身體』，外型必須符合纖細、儀態大方、舉止合宜的符號，同時善於溝通，內建翻譯機的溝通特性。她們能確保飛行時機艙內的和諧，也可藉由『工作』交換她們期待的社會階級。[1]也許整個參加考試的過程，都像一件『帶有未來理想性』的藝術作品。」

以上文字節錄自我在台南藝術大學選修的「美學專題：現代性」課期末報告，課堂期末報告教授希望我們能以幾則社會事件來做創作思考，當時對於考空姐這件事興致勃勃，實際研究下去卻發現，這個職業選項有違藝術學院的思考訓練，內心隱隱有個聲音告訴我那不是我該走的路，更不是我想要環遊世界的方式。認清現實後，我畫了更多空服員的怪圖，一度想報考空姐的人生小插曲也意外成了我的創作養分，在我生命中占有很重要的美學意義。

1 劉惠純，2008，《誰可以成為空服員？情緒勞動與性別化的生產政治》，台北：國立台灣大學社會學研究所碩士論文。

畢業後，我靠著賣作品和做設計的微薄收入，買機票飛了很多地方，在機艙內依然愛觀察空服員，這時的我已經沒什麼特別感覺，甚至打從心底裡敬佩這項職業。搭飛機真的超累，我都素顏穿上最寬鬆的衣服，祈禱這一切能快點結束，空姐們卻得頂著大濃妝站那麼久。

不過你能想像沒有溫柔空姐在的班機有多恐怖嗎？她們會確保在飛機上沒有人餓死，如果發生緊急狀況，依然能妝容完好，姿態優雅地告訴你接下來該怎麼辦。我想這個閃閃發亮的產業，以及女孩向上流動的決心，應該就是整個社會都逃不開的神話體制吧！

《畢業生涯規劃：和我一起成為面試模楷吧》 餅乾包裝盒、鉛筆、廣告顏料，2013

報考空姐之微笑套裝女孩教妳如何獲得面試官的青睞。

《畢業生涯規劃系列：我要飛上青天》

玉米片包裝盒、鉛筆、廣告顏料，2013

——

5歲時第一次搭飛機，我對飛機兩側的渦輪發動機著迷不已，思考如果不小心捲進去會變肉塊嗎？在空姐補習班招生影片裡也有這一幕，女孩站在渦輪前，絲巾飄逸望向遠方，那畫面太美我不敢看。

《畢業生涯規劃：參加飛行前訓練考試》

日月潭紅茶包裝盒、鉛筆、廣告顏料，2013

—

靈感取樣自空中安全示範影片，飛行時間太長，眼睛也會有點乾澀。

《機上CPR系列·參加人工救護演練》

瓦楞紙、鉛筆、廣告顏料、廣告傳單，2013

—

一部空姐補習班招生影片可以讓我取樣這麼多畫面，真的是藝術價值很高的招生廣告啊！這群女孩身穿套裝跪地觀看學姊示範，其中一位盡責扮演昏迷角色，她真的會醒來嗎？還是靜靜漂浮在空氣稀薄的平流層，成為永恆。

《機上CPR系列‧將她上揚45°C》

灰色卡紙、鉛筆、廣告顏料、金蔥粉，2013

——

一個濃妝空姐充當安妮的畫面感覺有點邪惡，可能與觀者（我本人）心術不正有關，經過我轉畫，看起來既詭譎又性感。我曾問過當過空少的叔叔，起飛前的安全指示都會說，如果急速海降時乘客不能穿高跟鞋，但真的來得及脫鞋嗎？還是會四散各處？叔叔不發一語。

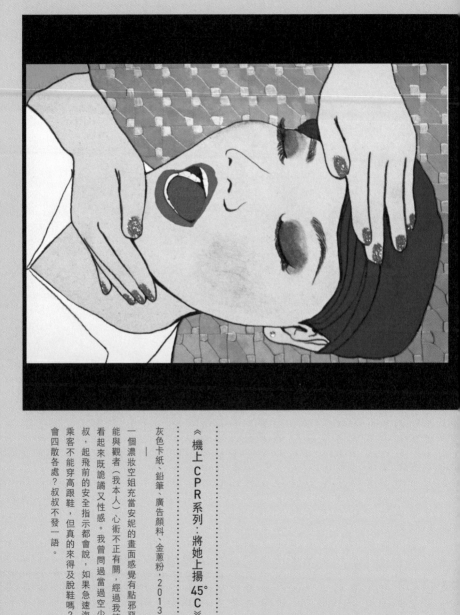

參之參
~台灣地方政府所挑選的農特產仙女~

★☆★☆★

美女的存在等同性吸引力，性又是驅動人類存亡的關鍵，也是人類視覺圖像史上最被廣泛運用的[2]繪畫題材，經由她們有穿／沒穿的軀體，引導人們理解圖像要傳達的資訊和內涵，管他要賣什麼，反正先看美女就對了！

英國文化評論大師約翰．伯格在他著名的藝術研究集《觀看的方式》[3]提到，創作者都會將理想觀眾設定為男性（指順性別或異性戀男性），美女的影像只是為了取悅男人，而女人從小也學習將自己視為一種景觀，去妥善回應社會對她們的期待。但如果不拘泥於性別，將觀眾設定是視覺功能正常的人類，只要是好看的東西有誰不愛嗎？

美女也跟庶民文化有關，精通此吸引力法則的彰化縣政府，開先鋒在2009年舉辦了第一屆「葡萄公主選拔賽」，請青春美女代言行銷彰化葡萄特產，讓彰化走出去，讓世界看見台灣。

報名方式是錄製一段一分鐘的自介影片，用創意方式告訴彰化縣政府妳的使命和理想，於是我上YouTube回顧歷屆參賽者的影片，看見身著雪紡公主長禮服的女孩們，手上捧著碩大飽滿的葡萄穿梭在葡萄園間，以「威力導演」剪輯軟體製作出鑽石閃爍畫面特效，搭配浪漫的鋼琴聲配樂，你們看我和葡萄一樣營養美味。

葡萄公主選拔佳麗除了在第一屆有年齡和學歷限制，之後都沒有什麼規範，只要是生理性別女，樂於展現才藝，具活潑外向特質皆可參加，入圍決賽後還會進行「公主養成培訓」，將妳養成縣府理想中的葡萄仙子。這活動提供了會用小提琴演繹〈小城故事〉的資優生、性感國標舞少女、唱〈母親像月亮〉的美聲天使、展現溫柔力量的麻辣鮮師，及具異域風情的說唱嘻哈女孩展示自我的機會。甚至還有一位在細小的眼睛貼上三層假睫毛的女博士也來參加，她在決賽現場表演將頭髮分束，梳成一百棵頂天的茂密葡萄樹，自豪地說和她一起來參賽的學生都被淘汰了呢。

---

[2] 劉法民，2012，《魅惑之源：藝術吸引力分析》，台北市：華滋出版。

[3] 約翰．伯格（John Berger），1972/2010，《觀看的方式》（*Ways of Seeing*），吳莉君譯，台北：麥田出版。

2011年該比賽更加入了「葡萄小精靈」項目，讓「蘿莉」也能提早累積選美資歷。她們比照大人穿上葡萄裝，化上濃妝走在葡萄園中，用尖銳的童音宣揚葡萄之美。其中一個小精靈胸前掛了一大串巨型葡萄，跳起舞時那些甩動的葡萄很像睪丸，令我不敢直視（天啊！我會遭天譴）。2014年因應不同客群需求，主辦方又增加了「葡萄騎士」項目，讓懷抱璀璨星夢的熱血男兒也能紫光閃耀。

2015年政黨輪替，甫上任的縣府因收到農民反應後評估，認為這類舉辦多屆的行銷農產品選美活動效果不如預期，取消了舉辦多年的「葡萄公主」與「花卉大使」選拔賽，改為規劃一條「葡萄隧道」招攬觀光。

後來我在Google看到最後一則有關葡萄公主的新聞，這段光輝歷史被製成大圖輸出，貼在彰化縣政府七樓女廁內門，做為歷年政績展示的一部分。不過如廁民眾卻說，有葡萄公主甜笑看她們排泄，感覺精神緊繃無法順利解放，熱心的記者還跑去採訪照片中的葡萄公主，公主本人表示大家都是女生互看不至於會尷尬吧？

《 **仙女互助會入會說明** 》 相紙包裝盒、鉛筆、廣告顏料，2015

此圖參考我兒時最愛的卡通和世界名著《長腿叔叔》繪本，故事中熱情的學姊對吉露莎說，想加入她們必須先穿越布滿綠色強光的隧道，就和每個心懷進演藝圈夢想的葡萄女孩一樣，她非常期待能融入團體生活。

《天降葡萄小精靈的變身》 鉛筆、壓克力顏料、包裝紙盒，2019

我想以葡萄小精靈向日本卡通《美少女戰士》致敬，期待閃耀的葡萄能替彰化縣帶來一線曙光，結果沒想到畫成這副德性……

參之肆

～菊花獎攻堅行動～

★☆★☆★

葡萄公主的成功效益帶起一波農產品推廣選美熱潮，各地縣府皆來效法，順便給懷明星夢的年輕人一個入門機會，於是陸續出現：新北櫻花公主、竹塹米粉貢丸公主、大湖草莓公主、埔里美人腿公主、台南毛豆公主，以及同為彰化葡萄公主的姐妹——花 Young 時代／花卉大使選拔，為了趕上這波時代潮流，我也去報名了。

某日在 YouTube 找熱愛的歌曲，視窗被一則惱人的微電影彈出廣告遮住，但我卻被這製作粗糙的影像給迷住，影片的內容如下：

「沿著花園的噴水池，一名手持疑似是人造花花圈的粗框眼鏡男子在忙，前方間出現兩個長髮女子與他攀談，他便以生硬的台詞告知，她們有可能是彰化縣政府正在尋找的臉蛋，接著拿出報名簡章，請她們務必參加2013年『花 Young 時代花仙子選拔賽』，獎金有50萬，女孩們喜樂地離去。接著畫面切換到一名體型纖瘦的男子，他很興奮地跟眼鏡男說今年也開放男生報名了，他很期待，大家都好喜樂。」

所有參賽者與彰化縣縣長合影的新聞畫面，我是後面拿槍的手。

（翻攝自中天新聞畫面）

我上網看了報名簡章，除了前三名能獲得代言花卉的機會，還另設立了向日葵、玫瑰花、菊花三項特別獎，我想著每種花背後的符號隱喻，當下直覺必須要報名！

「如果要拿獎一定要拿到菊花獎！」當時我堅信擁有菊花獎的頭銜，對我的藝術家職涯會非常加分，你想想如果自介說我是菊花獎仙子有多神氣？還有另一個更大的動力是我想知道所謂政府認可的花仙子是什麼模樣，她們究竟具備什麼特質是我所缺乏的？

要加入這個行列，初賽內容需準備上台各一分鐘的「自我介紹」與「才藝表演」，我天生肢體不協調、跳舞難看，唱歌也只會些不合時宜的老歌，也從未真正學會任何一樣樂器，謹慎評估後，發現我唯一可譁眾取寵的才藝只有畫畫而已，在網上看了幾部大象用鼻子畫素描的影片後，似乎我已別無選擇。

那時我十分著迷1950年代美國「海報女郎」（Pin-ups girls）貝蒂·佩姬（Bettie Page）的造型（現在還是很愛），我將頭髮燙得和她一模一樣（執著），再尋找符合那時代風格的衣服（找不到就自己做），還參考了她的表演影片，很心虛地練了一段有禮貌的自我介紹，然後在台上幫主持人畫肖像畫，主持人為了活絡現場氣氛，語氣略帶尷尬地說「畫得好像呦！」

2013 年「花 Young 時代」初賽現場的才藝表演，
我畫了一幅非常失敗的主持人肖像速寫。

我參賽的目的就是想親眼目睹「理想中的彰化花仙子」的樣貌，於是特別專心觀看當天獲最高分的花仙子演出。她是讀中文系的作文老師，留著長黑直髮，身穿緞面旗袍，才藝是彈古箏，還有她從小就喜愛花（特別是玫瑰），曾有個彰化人追求者會買來自彰化的花送她，也許我從沒收過追求者的花，導致那時我有些心理不健康對她產生嫉妒心。這位標準花仙子的的口條清晰，回話陽光正面，搭配不具備威脅性和殺傷力的演出，完全預告她接下來會拿下前三名。

其他參賽者的表演種類繁多：沒睡飽的佛朗明哥舞蹈、歌聲尖銳的獨唱、乾燥小提琴獨奏……還有一位讓我印象深刻的參賽者，選了一首「亞瑟小子」（Usher）的舞曲，跳著完全不辣的熱舞，配合她字正腔圓、努力想表達自己是愛花使者的僵硬講稿，現場的荒謬感與尷尬癌程度，完勝那些在網上流傳的歷屆影片數十倍。

複賽的規模又比初賽更為盛大，除了加長才藝表演時間，開場時所有參賽者還要穿禮服走秀。小小的舞台鋪上紅毯，意圖營造星光大道的氛圍，然而擺放鮮花藍的「塑膠」羅馬柱，卻很不爭氣地洩露自己的出身。

看著參賽者使出渾身解數表演，例如有一對母子一同上台表演「孝子傳」，媽媽扮成賣花少女，兒子扮演善良書生（咦！這樣真的可以嗎？？），我有些傻眼。又或是看著那些別在禮服上的廉價塑膠花（有些人甚至用色紙剪出不工整的花型，再用雙面膠黏在衣服上），還必須不時流露出性感嫵媚姿態，當下的我感覺人生好難！

複賽時我依舊表演畫畫，只是時間加長變成三分鐘。當天我找了一個朋友幫我畫了女明星甄珍早期的妝容，頭髮盤起來別上一朵大紅花。我準備了三個畫布，用白色蠟筆在畫布上畫上玫瑰花、向日葵、菊花，再將螢光橘紅色的顏料裝在水槍裡，然後邀請台下兩名陌生男子加入我的表演，和我一起在台上對著畫布射水槍，想用油水分離的原理讓畫布上的白色花朵綻放色彩。

只是水槍的水量有些微弱，斷斷續續噴不太出，於是我在台上替熱心的志願者喊話鼓勵：「加油！你快射出來了！！！」台下一片靜默，我聽到觀眾席後方一名阿伯的笑聲。

評審團舉牌總共給我72分（嗯……是及格邊緣），卻覺得鬆了一大口氣，想想如果靠這個蠢表演進到決賽，要在超大的彰化表演廳表演，豈不就要製作科技投影藝術了？於是我的菊花獎攻堅計劃宣告失敗。

後來第一名不意外真的是那位彈古箏的作文老師。容我再引用一段約翰．伯格的語錄：

「女性的社會風度說明了她是如何對待自己，以及界定出別人該如何對待她。她的風度展露於她的姿勢、聲音、意見、談吐、打扮、品味和選擇的場合。」

《表演大藝術家的花仙子》

紙本、鉛筆、廣告顏料，2017
｜
她是複賽那天最讓我激賞的表演者，身穿貼身低胸紅色小洋裝表演蔡依林的〈大藝術家〉。她穿著超高高跟鞋，時而橫躺在四張摺疊鐵椅上，用她生硬的舞蹈和不太完美的唱腔，在寒冬強風中努力賣弄性感。當下我真的覺得無比感動，因為她儼然就是個「大藝術家」，原來彰化縣政府要的仙女是這個！

參之伍

~女王の幸福仙女條件~

★☆★☆★

從這裡我要開始假設，網路已取代天堂功能，仙女們也搬去網路空間居住。

想辨識仙女有幾個方法：首要條件是剛剛好的美貌，不是那種會引發戰爭的美，就是中等偏上，隔壁漂亮姊姊的那種美。她們還要擁有纖細又不會過分性感的身材，最好還能有雙又白又細的美腿。

她們高品質的生活有幾個要件：會煮一手好菜、時常出國旅行增廣見聞、擁有夢幻薪水、身邊備有百依百順的男伴，最重要的是她們永遠都看起來那麼美、那麼白、那麼瘦。在網路空間有千萬追蹤者不是沒有道理，因為她們象徵著一個更好的生活，因為她們是仙女。

時間倒轉回2007年，當時我高中二年級，班上流傳著一本神祕小書，瘋傳熱度和日本漫畫《快感指令》差不多。書封插圖是用向量電腦繪圖繪製，畫著一位塗滿濃密睫毛膏的藍色大眼性感美女，她一手扠腰一手捧著鑽石皇冠，身上低胸小洋裝還被上了閃亮的雷射膜，我盯著畫中女那不可一世的自慢神情，彷彿聽見從她那豐厚雙脣傳來的「老娘94爽」呢喃自語。

當我回過神，看到副書名「那些好女孩不懂的事」，一道聲音劃破我年幼無知的善良心靈：「好女孩真的不會這樣穿啊！」

當時我沒趕上這場閱讀盛會，只是在一旁羨慕觀望，八年後我在市立圖書館與她再次相遇，但封面那位辣妹的閃亮小洋裝已磨損斑駁，底下皮膚色塊清晰可見，我想知道她到底教會台灣女孩什麼？對於那些嚮往戀愛關係的女高中生們又是怎麼樣的一個體驗？

※

2000年代中期是台灣網路部落格的黃金期，當年出書的兩性作家多是由經營部落格而被挖掘，這舞台的入門資格相對簡單，只需一台電腦、一條網路線和一串電郵信箱，在已知的未來裡，人人都有機會成名15分鐘。

在女性心靈勵志類的書籍，我選了當年在各方面都有極高人氣的「女王」做為研究對象。「愛自己、單身也很好」是女王最具代表性的言論，也是當年她被眾多女性讀者愛戴的原因。２０１５年當她高調宣布要結婚，原本是一樁喜事，卻引起鄉民們的群起激憤，我在旁邊吃瓜看熱鬧之餘，同時也很好奇女王成為一個時代意見領袖的成因。

有網友指出，她歷年言論的重複性過高，並有前後矛盾之疑，為了證實此事，我將當年（２０１５年查詢的資料為主）[4]她所有兩性相關著作都讀了一遍，經過交叉比對，整理出一份簡單的統計：例如在《愛自己》、《我是女王２》出現兩篇提到有小開男友的好處與壞處；在《我是女王》、《我是女王２》有三篇分別細數了現代女子面臨30歲的恐懼；而在《女王力》與《愛自己》則有兩篇講述台灣女人的可悲命運；在《我是女王》和《女王力》也有相似的兩篇介紹十種你不該愛與最討厭的惡男……這邊就不一一細數。

主要是我試圖將自身戀愛經驗，與周遭親友所分享的感情故事，套入女王寫作的固定敘事發展模式，再試圖將那些一再重複出現的「警世寓言」元素圖像化，透過一系列以女王文字為靈感發想的創作，我也試圖要呈現一個時代（兩千年代？）都會女子面臨的各種困境。

只是當今日就連高喊「女人我最大」都成為百貨公司促銷目的，這類兩性書籍的存在就顯得有些曖昧。在研究中我也發現，女王並不鼓勵女性積極參與社會改革，而是幫助想要成為「女王」的女性，更合宜地適應這個依然是以父權為主體的社會，這種感覺怎麼和我在廟裡收集到的那些「婦德經」挺類似的？

我一路研究到女王後期的寫作，婚後的她就出了三本與「幸福」有關的著作，那麼幸福到底是什麼？我們是否該對「幸福」的定義抱持懷疑？

※

2016年的一部日劇《東京女子圖鑑》對於這議題有著深刻的描寫。劇中女主角在東京生活20年，一路努力追求她認知中社會定義的幸福和成功標籤，結果繞了一大圈才發現自己只想要簡單平凡的感情與生活。全劇結尾是歸於平淡的女主角，在路邊遇見一名和她長得一模一樣的女子，女子全身名牌，手挽著高富帥男友，曖昧地回眸看她一眼，女主角不太確定這個她也曾經扮演過的「她」是不是真的開心，這邊留給觀眾一個伏筆。

該劇在「關鍵評論網」上有一段不錯的分析：[5]

「在日本甚至於整個亞洲女性的潛意識中，社會給了女人『必須幸福』的任務及『如何幸福』的SOP，成就者為女王，失敗者只能淪為遠吠的敗犬。但我們的存在感真的能跟『幸福』畫上等號嗎？只要得到或一心追求所謂世俗意義下的『幸福』就能從中得到救贖嗎？」

關於這個質疑，有請我最愛的歐美精神分析學界搖滾巨星齊澤克（Slavoj Žižek）來幫我解答。他在2019年記者訪談中聊到關於對幸福的看法。[6]「追求幸福是當下最鮮明的意識形態」，齊澤克認為幸福只是一種副產品，並不是人類生活的終極目標，如果將所有力氣都放在努力把「幸福感」填滿，那將會是一場災難。我們應該將注意力集中去找到能讓你奉獻一生的事，如果它能帶給自己之外一些意義，而幸福也會隨之而來。

女王的幸福，也許就來自於她的文字帶給華文世界的女性一些意義，其中也包括我。

---

[4] 分析女王出版品列表：《我是女王：那些好女孩不懂的事》，2007年、《我是女王2：那些壞男人教我的事》，2007年、《女王力》，2010年、《愛自己》，2011年、《謝謝你（不）愛我》，2014年。2015年她其實還是有出版新書《相信你值得的幸福》，但我已經出現嚴重的閱讀疲乏。

[5] Shel Lin，2017，〈性別、財富、身分——談《東京女子圖鑑》中的階級複製〉，關鍵評論網，https://www.thenewslens.com/article/63227。

[6] 王磬，2019，〈專訪齊澤克（下）：「追求幸福」是當下最鮮活的意識形態〉，激流網，http://jiliuwang.net/archives/84374。

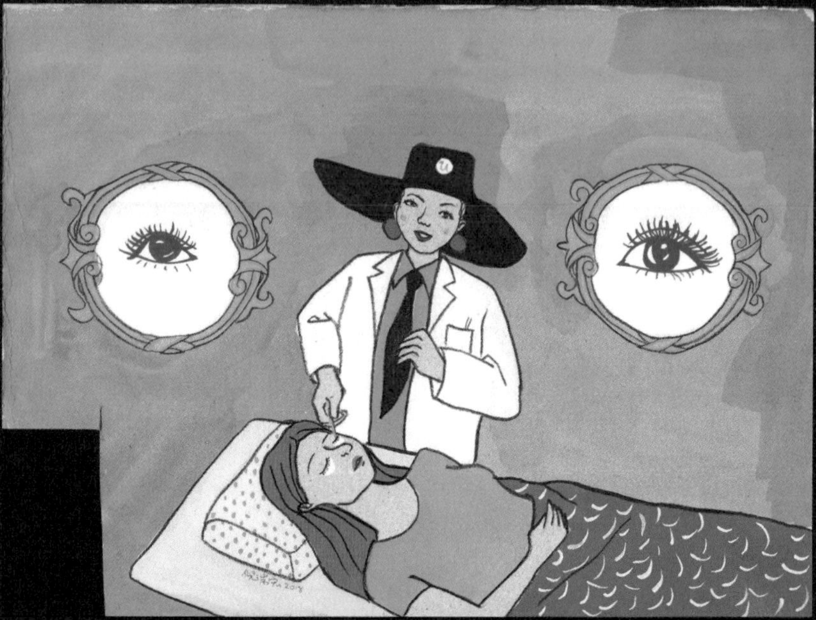

《當代女子儀式行為：美睫接嫁》

卡紙、鉛筆、廣告顏料，2018

——

透過平躺一個半小時的睫毛移植手術，可以解決素顏時眼睛無神的困擾，但睫毛數量不宜貪心，還是要與自身五官比例相符較好。最尷尬的情形莫過於睫毛已經掉落，差不多只剩下兩三搓時，會讓妳的眼型變得奇怪，提醒妳又該去美睫院報到了。

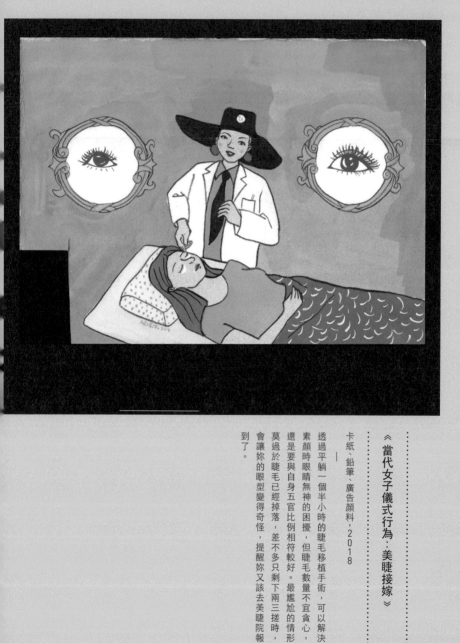

《一位擁有太多幸福的女子》

黏鼠板包裝盒、鉛筆、廣告顏料，2015

—

我在臉書上看女王和粉絲分享未婚夫帶她去挑選結婚戒時的喜悅，「看！我得到幸福了！」關於這幅畫的創作材料，那陣子我家住了一隻聰明老鼠，老爸買了很多花生口味黏鼠板都抓不到牠，我撿了那些拆封過後的包裝盒，試著找到黏鼠板與幸福人妻之間的關聯性。

《三十姑娘一枝花》

卡紙、鉛筆、廣告顏料，2018

——

在這邊引用女王的30歲理論：不要強求、不要比較、不要嫉妒，我們要做的是真欣賞、學習、努力，祝福別人成功及學會真心讚美（好）。我模仿一張她貼在臉書的生日卡畫風，畫一張生日卡送給自己。上次我竟然看她在歐洲直播吃一塊豬腳看了一個早上，謝謝女王的陪伴。

30
LOVE
BEAUTY
HAPPY
LOVE You
Sweetie ~
HAPPY BIRTHDAY

《 等到我結婚那天 》 黃素描紙、鉛筆、廣告顏料，2016

記得上次參加表哥的喜宴，現場瀰漫著公主與王子終於找到彼此的幸福氛圍，讓我心生恐懼，但又被現場大量生命期短暫、易破的廉價粉紅愛心氣球給迷惑，如果氣球沒氣我們還會感到幸福嗎？然後我看到女王在粉絲專頁與她眾姐妹淘在婚禮上的合影，她們的笑容讓我感到焦慮，尤其那一款出嫁限定粉紅購物袋，而克服恐懼的方式就是畫下來。

《 謝謝你不愛我 》 黃素描紙、鉛筆、廣告顏料，2016

研究完女王的書，覺得裡面插圖不到位，想如果變成長形敘事畫會怎麼樣？於是選了幾則書中重點，像是放手的智慧、找到白馬王子、勿炫耀過去性史、愛美是必然、前男友收集櫃等意象畫成此圖，結果又是一幅地獄圖。

參之陸

~有一種世間美好叫劇情式電動花燈~

★☆★☆★

有了要當藝術創作者的決心後，大約每兩年我都會為自己設立一個目標，買一台自動抽籤機、自己做一台風景流水掛鐘，到想自己也做一組劇情式電動花燈。

2009年，我搬去台南念書時，首次目睹「藝閣」形式的花燈，看到那些會動的古裝假人第一反應是：「這是是什麼神奇東西!?他們有專有名詞嗎？」我問了當時身旁的人，沒人能告訴我那是什麼，於是這成了我一個「台北俗」的焦慮，為什麼我住在台灣一輩子，卻對這麼迷人的電動假人裝置一無所知？

好在「台灣博碩士論文知識加值系統」學術網從關鍵字中幫我拼湊出了答案，我搜尋到了一本《台灣劇情式花燈研究》[7]論文，作者賦予這個工藝一個正式名稱叫做「劇情式電動花燈」或「電動藝閣」，當下讀到這本論文時我真的在電腦前面淚流滿面，感動終於這世上有人和我一樣在意這件事，在家情緒激動了整整一週，當時同居人以為我快瘋了。

根據這本夢幻論文的描述：

「『劇情式電動花燈』又稱作『電動藝閣』，民國44年萬華青山宮發表了第一座電動花燈，當年以一座『蘇武牧羊』轟動全台花燈界。這種新形態的電動花燈裝置，它的結構和我們一般常見元宵花燈大致相似，基本形式為取材傳統忠孝節義，或國泰民安吉祥主題故事為基底，在木板搭建的舞台上，讓紙糊人偶去演出故事劇情。人偶身體構造裡都裝配精心設計馬達系統，使人偶能夠做簡單的肢體活動，增添觀看趣味，舞台通常會搭配手繪山水背景，和真實物品作為裝飾，並由多彩鎢絲燈泡完成打光。在過去娛樂稀少的年代蔚為風潮，每逢元宵節，全台香火鼎盛的大廟，都會請人來設置電動花燈，除了娛樂與教育民眾之外，有時還會以政令宣導，或百貨商場廣告作為花燈主題。到了民國60年代連建醮普渡法會儀式也加入電動花燈，不止迷惑信徒，也讓靈界交流慶典更加豪華熱鬧。」

---

7 潘豐富，2003，《台灣劇情式電動花燈研究》，台南：國立台南大學鄉土文化研究所教學班碩士論文。

2019 年在台南拍到的普渡大典現場，花燈亮點是玄天上帝的海龜頭會上下伸縮，後面的海浪與天空像是要發生什麼大事。

同樣攝於 2019 年台南普渡大典的一組「馬到成功」，馬的頭會上下擺動，配燈泡的眼珠表示一望千里，中間身體中空可能是要設計給其他騎馬主題的人偶使用。

2015 年北投鎮安宮建醮牌樓，每層都有不同的故事在發生。

台南麻豆代天府附設的「18層地獄」與「天堂」體驗教育空間，是目前台灣保留劇情式電動花燈最完整的廟宇之一，如果當初沒在台南生活過我可能也不會看到。至於民國一百年後的今天，生活中已不太會出現這樣的場景，只能在每幾年一次的大型建醮和普渡活動，或在特定地點的元宵燈節才有機會見證那風光一時（民國60至80年代）的台式電動花燈。[8]

需求減少意味傳統工藝的沒落，今天在北投關渡宮燈節的藝閣背景也降低標準，改成用解析度不足，又沒等比縮放的電腦大圖輸出，可是對我這種藝閣狂熱者來說，還是覺得無損它的魅惑力量。

話說某年我在北投唭哩岸捷運站外空地，第一次在台北街頭見到一座巨型建醮牌樓，裡頭有一組「招財進寶」的電動花燈，因為製作設定失誤，元寶與仙子們都轉速過快，轉到我意亂情迷，立刻把全家人也叫來看。誰知道我爸竟然用很無所謂的口氣說：「這沒什麼！這種花燈我小時候在萬華就看過了。」頓時我對站在我身旁的這位大叔心生妒意，對他竟然經歷過那個電動花燈的夢幻年代感到可惡（好有病的女兒）。

以現在眼光來看，那些穿著過時的服裝與凌亂的假髮，重複一樣僵硬動作，感覺不合時宜的電動藝閣假人，似乎完整停留在被發明的時空，不過當你看過太多標榜最新藝術科技的互動作品後，成為一種古早味的電動藝閣人偶，反而顯得可愛純粹得多，更能讓我愛到痴狂。

2019 年攝於台南仁德地區還沒收完的建醮牌樓現場，這批仙女人偶做工精緻，眼珠還以特別材質處理，讓我非常驚豔，可惜背景的龍是電腦輸出。特別感謝當時一位可愛的男生載我去看。

8 例如台北北投關渡宮、雲林北港花燈節。

《蘇武牧羊圖》

紙本、鉛筆、墨汁、水彩，2017

—

找不到當年萬華青山宮轟動一時的「蘇武牧羊」花燈照片，我只好自己畫了。當年蘇武被敵軍匈奴扣押，流放到遠得要命的貝加爾湖一帶，他一直在等老闆漢武帝救他回去。因不願意向敵軍投降，他被叫去協助敵國的畜牧業發展，結果一待就是19年，還在當地成立羊羊動物園，以培育世界特色品種羊聞名，是當地假日親子的好去處。

蘇武可能無法確定這一切的機運，是不是漢武帝要給他的磨難，或者他也從中發現養羊的樂趣？

蘇武牧羊

《安安趕雞》

紙本、鉛筆、廣告顏料，2017

研讀台灣電動花燈的歷史後，我對花燈的忠孝節義主題故事深感興趣，於是選了一則在YouTube看到（出處不明），旨在恐嚇小孩不要擺臉色給父母看，帶有變態人倫悲劇的孝親故事「安安趕雞」來畫，重點是故事裡有一家子的雞（註：畫中背景的房子取自北部山區一間「安安土雞城」的餐廳外觀）。

故事描述一名叫安安的男孩，他脾氣惡劣難相處，離家獨居，家中老母不捨，三餐送飯給他，他卻對媽媽很凶。某日，安安聽見雞群騷動聲，發現母雞努力保護小雞不受老鷹攻擊，他有些感動，拿起棍棒上前幫忙，卻被老母看見以為安安生氣想打她，害怕地轉身就跑。安安救完雞，頓悟自己是壞小孩，就去追趕媽媽想表達孝心，結果他越追媽媽跑得越快，一不小心跌進湍急河水中消失不見，於是安安崩潰痛哭自己不孝。

安安趕雞
作者 倪瑞宏

參之柒
~少女的電動藝閣~

★☆★☆★

電動藝閣花燈的視覺經驗對我造成不小衝擊，我深深被那直接猛烈，帶有邪趣的裝置形式吸引，多麼希望自己也能來做一組，如果我用女王疼惜姐妹的文章進行二創不知是否可行？

當我提出這個創作假設，逐漸成形的念頭開始驅動我強烈的創作欲望，那幾晚我都睡不好，夢境都從建醮牌樓開始，天女散花的人偶在我旁邊旋轉，邪惡的機械轉軸聲音卡在我的耳裡，很像中毒。

為了化解恐怖的創作衝動，我將剛畫好以女王為主題的畫，截取局部改成實體版的設計圖，然後深深吸了口氣，撥了從牌樓上抄下的台南民藝社老闆的電話，幻想能和師傅合作一組電動藝閣作品，那真是完美的跨界合作（天真）。

我們在電話約好時間，隔天我搭上早班車，直接衝去老闆家門口按門鈴。（這樣的衝動算追愛嗎？很像某類型恐怖情人的行為？）我在他家客廳的巨型原木桌上攤開設計圖，面容慈祥的他很友善地和我一起討論製作方法，接著開著小貨車載我去參觀他的工廠，老闆還叫員工買了「茶の魔手」請我喝，當下真的太開心了，以致完全忽略談話間他敷衍我的應答。

回到台北，我仔細擬了合約書，還找了法律系朋友幫忙看，仔細裝訂好寄給他，過了一週我問他收到沒，他說沒有，從此就不再回我電話和訊息。

我想我「失戀」了，我看著我拍的電動花燈照片大哭了幾天。我經歷過這種感覺，想起多年前我為了倒追一個可愛的台大男生，送他一本《教你如何當個幽默紳士》的圖文書當生日禮物，結果他卻冷冷地回我「我不是妳想像的那種人」。

好在我的貴人運還不錯，男友P先生的同事看我一臉哀愁，就推薦了一位家具設計師RisK給我認識，他看了我的設計圖一眼就說：「哎呀這簡單呀，我以前做過花燈我知道！」我看著他開著他嶄新的藍色發財車接走我的設計圖，感覺整個人都在發光，他拯救了我的創作，我知道我又「戀愛」了。

從女王文字發想的《謝謝你不愛我》繪畫作品，繼而延伸出的花燈設計草圖，我就是拿這張圖衝去台南求民藝社老闆跟我合作。

台南民藝社花燈工廠角落，可以清楚看出師傅製作假人身體結構的巧思，當時我看得心中小鹿亂撞，完全切入迷妹模式。

《人生好難之我與傳統技藝的遙遠距離》

鉛筆、廣告顏料、墨汁，2017

台南民藝社老闆的工坊充滿電動花燈人偶的骨架，還有大量過去製作的電動遠古生物，我和見到偶像明星一樣，興奮地到處拍照，覺得自己真的是好命女孩，沒有想過這都是我一廂情願。在畫裡我也變成藝閣上的人物，我的世界草木光禿，只有一棵塑膠LED櫻花樹，解說牌上寫著本次花燈主題「人生好難」。

人生好難
LIFE IS HARD

我曾想過民藝社老闆拒絕合作的原因，除了預算太少、計劃太怪、台語太破，有可能是因為我是女生？我在研究電動藝閣歷史資料時，發現生產過程環節中女性的存在十分薄弱，最多只是協助做戲服或雜事而已，她們從來都不是主要的設計製作者，甚至在我熱愛的花燈研究論文中也找不到任何一位女性技師名字，難道這就是我不被重視的原因？

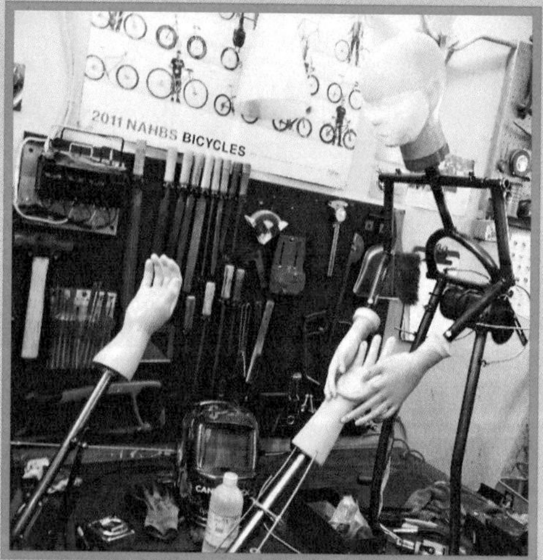

拯救我的家具設計師依照我畫的設計草圖（上）所做的實體結構（下）。

我對於有沒有辦法用正統的花燈技術，去呈現作品這件事無比執著，但現實就是難，只能用折衷方式模擬「正統」電動花燈效果，但是我知道這不是「真的」，這是我從露天、奇摩、蝦皮、淘寶拍賣拼湊出來的成果。

傳統劇情式花燈目的在於展現中華美德典範，透過不同師傅的詮釋，這些耳熟能詳的故事都有不同面貌的發展。除了忠孝節義經典之外，如果是由我來做，是不是可以多說一些少女的故事？

※

我選擇女王帶有訓誡少女意圖的文章作為靈感來源，創造了一個名叫「美如」的電動假人和她的花園，這個作品不再是重現過去，而是創造另外一個不具時間性，比現實更讓人不安的中介幽暗空間。我在這裡進行一種模仿，模仿我所理解的電動花燈，但卻表現出我和傳統技藝之間的遙遠距離，最後這個作品（《愛自己：放手的智慧》）也擁有自己的生命。

《愛自己·放手的智慧》[9]

（校內發表：閃光燈版）

電動假人、人造花、燈泡、人工草皮，2015

——

這是初次在學校期末作品評鑑展展出的情形，我用後火車站買的人工草皮當作花燈舞台，草皮上挖了個小洞，安裝上機器怨女「美如」，周圍擺放鮮豔假花，和隨意固定的植物。插上電源後，機器怨女藉由身體中心的馬達帶動，彎下腰拉著固定的手，想救出被活埋的愛人，一旁的求婚手則會不停上下伸縮推動。（張卉欣 攝）

充滿怨氣的美如近照，很像哭完崩潰後被強迫拍照的樣子，加上因為美如會動，所以自然就拍出模糊的效果。

9 動態影片：https://youtu.be/f7KiPOYQiHE

參之捌

~美如與她的博物館~

★☆★☆★

「美如」是我做的第一個電動假人的名字，塑造她的靈感源自女王2011年的《愛自己：我愛你，但是我更愛我自己》書中有關「不甘心」的一小段落：

「所有痛苦的愛情都來自三個字：『不甘心』。不甘心自己的付出沒有回報，不甘心自己苦追求了半天卻追不到，不甘心自己的時間被浪費，不甘心愛情為何會變質，不甘心不相信自己為何會這麼倒楣……」[10]

對呀，到底在不甘心什麼呢？好像也只有放手了才知道，讀到這邊我又被女王神仙教母訓誡了一次……

我好著迷女王文字裡所建構出的粉紅世界，設想如果將她的文章視為一篇篇短篇小說來看，裡面的女主角會有什麼共通性？她們會長什麼樣子呢？於是我選擇從「不甘心」這篇出發，假想一個名為「美如」的苦情女子，美如對自己的感情生活十分迷惘，想要奪回屬於自己的愛情，努力想拯救被活埋在花園裡的情人，但怎麼拉都只有一隻手。

[10] 女王，2011，〈所有痛苦的愛情都來自三個字：「不甘心」〉，《愛自己：我愛你，但是我更愛我自己》，第56-60頁，台北：圓神出版。

這個名為《愛自己系列：放手的智慧》的作品，我設計了一座小花園，花園中除了有拉扯假手的哀怨美如，旁邊還有另一隻上下擺動著的男性手掌，掌心捧著一只精巧的紅色絨布盒，裡面有一顆閃爍的大鑽石求婚戒，表示世俗對幸福的定義。

製作這件作品時，我耳中不時響起國中時買的梁靜茹《戀愛的力量》精選集中的一首歌〈Tiffany〉，姑且說它是美如的背景音樂也可以。

♫ 櫥窗裡　那一只銀白色 Tiffany 的戒指
天使說戴著它就會　得到祝福 ♫

我想像著美如內心的OS：「此刻的我能得到祝福了嗎？顫抖的假手又提醒著自己，還有夢仍未完成，在這仿造的花園中我所有渴望都能被延續嗎？」

《愛自己：放手的智慧》

（校內發表：未打閃光燈版）

電動假人、人造花、燈泡、人工草皮，2015

—

在北藝大「地下美術館」的黑暗展場布置時，有著電影《暮光之城》老大氣勢的美術學院院長走過來，用輕鬆語調叮嚀我不要和美如講話，不要把情感投射進去，因為會有靈的轉移。當時我嚇死了，原來剛剛陪我的學妹根本就不在現場，那我又都是在和誰閒聊？那晚我又失眠了。（怕）

《愛自己：放手的智慧、愛你如公主》 11

電動假人、人造花、燈泡、人工草皮，2016

——

首次於中壢「想貳藝文空間」（已歇業）正式發表的作品場景。花園內依舊有彎腰上下拉扯手臂，要拯救被活埋愛人的紅衣怨女美如，園內有棵會發亮的櫻桃樹，樹前有隻穿著西裝的進化電動手臂，捧著絨布盒裝的大鑽戒，在燈光折射下閃爍著耀眼光芒。這座花園完整呈現那年我收集的人造植物，後方貼有淘寶買的迪士尼城堡海報的淡粉紅牆面真的是浪漫死。

11 動態影片：https://youtu.be/YW9M-2aQpW4

花園內的可愛小動物們是來自世界宗教博物館的贈予。

2016.10.8-10.31
You Should Go And Love Yourself
JUI HUNG NI
solo exhibition
桃園市政府文化局
XIANG ER
白紗物語

2016 年於「想貳空間」辦的個展海報，靈感來自一個決定嫁給自己的女子，興高采烈地去拍一人婚紗，在看到鏡中自己穿白紗的樣子時，卻感到有些空虛，那接下來呢？該展的題目《愛他，但要更愛自己》引用自新生代白瘦美兩性作家花花著作《那些女神不告訴你的事》，而英文標題來自美國歌手 Justin Bieber 音樂作品〈Love Yourself〉，與女王的「愛自己」觀念相呼應。海報設計參考加油站盒裝面紙盒設計。

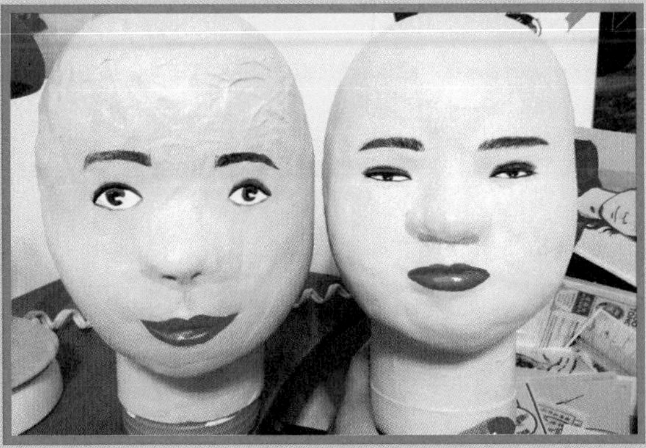

美如一號與二號的臉部妝容繪製，五官靈感都來自我在路上觀察的女孩長相，一個天然呆（左）、一個對人生無奈（右）。

《愛自己：放手的智慧、愛你如公主》（局部）

電動假人、人造花、燈泡、人工草皮，2016

—

我在台北「關渡美術館」二度發表了「愛自己」系列。這次展出改良後的公主（我都叫她美如二號）。關渡美術館的空間十分接近我想像的博物館，我將花園的範圍加大，重新設計公主的結構，這次不給她穿夢幻紗裙，換成一件鑲有水鑽的粉紅色高領針織毛衣，沒有了下半身白紗蓬裙的阻礙，王子更能輕鬆將她舉起。我另安裝了電源自動感應器，只有在觀眾靠近時裝置才會啟動，如同經歷一段夢境。

※

美如所代表的女王世界可以變成一座博物館嗎？

根據1984年英國博物館協會（Museum Association）對博物館的功能定義為：「容納各種具有收藏、記錄、保存、展示價值的物件，藉由對物件的功能研究與詮釋，整合各種有益於大眾的吸收與教育的資訊。」[12]也就是說成功的博物館會運用動靜皆宜的展示技巧，創造一個新的環境空間，讓「參觀」變成一種可以適合個人或群體來參加活動、體驗，為生命建構意義的「活生生」經驗。[13]

我小時候到各個栩栩如生的博物館參觀，都能體驗這種「活生生」的經驗。例如在台中科學博物館中「生命起源」展區，我從細菌的繁殖，一路逛到會說話的逼真電動恐龍集體分食一隻衰小的草食性動物，那時我總會害怕地抓住身旁大人，但又想仔細看清楚血腥恐怖的用餐現場，即便我知道那都是假的。

台北木柵動物園裡也有一間光線昏暗的「恐龍館」，收藏了眾多來自各種氣候的珍貴動物標本，牠們的姿勢被完美的設計，擺放在充滿人造塑膠植物，與精湛的寫實技術風景畫布置而成舞台上，柔和的照明燈光浪漫化了死亡氣息，原來動物們生前的風景這麼美。

也許博物館設計者並沒真的穿越過恐龍出沒的闊葉林，他們也沒有和古猿人露西打過招呼，但在循環播放 The Beatles〈Lucy in the Sky with Diamonds〉歌曲的模擬考古場景中，時間不再有任何意義，在博物館舞台上，被截斷脖子的雷龍繼續擺頭吃草，躺臥夕陽下的北美洲水牛依然悠哉。

[12] 林崇宏，２００３，《博物館展示設計模式之探討》，《東海學報》第44卷：59-67。
[13] 洪俊源、楊裕富，１９９９，《台灣博物館展示設計之歷史回顧與未來趨勢》，一九九九跨世紀人文科技國際設計學術交流研討會論文集。

如果這樣浪漫情調的博物館被遺忘了呢？

記得2015年夏天我曾和P先生闖入一間以吳鳳為主題的廢棄蠟像館，吳鳳犧牲小我換來和平的傳說是否真實、是否還有意義，這時代已經沒人在乎。館內昏暗不見天日，製作寫實的蠟像演員們都有結實黝黑的肌肉（只是蒙上一層厚厚的灰），在鮮綠的人工草皮上盡責地定格演出。最讓我驚豔的是在相機閃光燈照射下，純樸善良高山族家門口的小花依然奼紫嫣紅，美到我忘了身處空間的小黑蚊有多猖狂。

這個迷人的參觀經驗讓我也想為我畫中的女王們蓋一座紀念館，裡面專門收藏她們迷惘的感情難題，和兩性專家們對這類問題的金玉良言，或那些刻苦銘心的記憶片段。展館的設計可參照各種蠟像館或自然史博物館的視覺經驗，重現某段歷史片刻的場景，讓我能好好地曲解她們，製作出那些「看起來很假」的真實。

我希望美如系列能像一個中介，為所有怨念與不切實際的欲望找到出口，除了嘲諷世俗所提昌的「正確」感情價值，觀者也能直擊見證各種多元的情感經驗抒發。

※

離開學校後那兩年，我帶著《愛自己：放手的智慧》去了好多地方展覽，最遠去了新加坡參加最後一屆的「Art Stage」藝博會，成為那年展場內少數會動的立體裝置作品。

在台灣喜歡我的客群以少女居多，但在新加坡都是中年老白男大叔在愛，他們會駐足在美如前傻笑，也許我觸發他們另一層亞洲獵奇想像，不過我也因此藉機介紹台灣的電動花燈文化一番，推廣一下台灣觀光，也算是美事一樁（？）。

每次安裝完這個裝置，我都會重新好好地、認真地看著我的花園，產生不一樣的體悟。美如屢次出場，總會與我自己人生中的某些為情所困時刻相互呼應，有時連我自己都懷疑，美如就是我本人吧？

《愛他但要更愛自己花園》

紙本、鉛筆、廣告顏料、墨汁，2017

—

美如與她們的製造者。目前整組作品都堆在我家地下室的停車格，全部零件載去展場需要一台發財車。

2017

4

The Hostess Shian-Niu Case Studies

迷茫的後仙女時代
解憂仙女溫柔鄉

接下來這個部分和前面的仙女已經沒有直接關聯了，她們全都漂浮了起來，成了仙女的變種。當上仙女藝術家，完成學位後所產生的身分認同危機，我用了各種直接體驗的方式去回應。從失戀開始，一步步走向全面迷茫，最後在美術館搭了一座花園，將所有情緒都收了進去。

那往後的人生道路，我還依舊會是仙女嗎？

肆之壹
~然後我被甩了~

★☆★☆★

2017年，我和交往三年多的男友P先生關係正式走向終點，我們各自搬離一起在社子島住了一年的老公寓，交屋前的最後一星期，他率先搬走他所有的東西，然後再也沒有出現過。我獨自清理這一年留下的各種剩下來的垃圾，邊哭邊打電話問他會不會回來幫忙，他只冷冷地拋下一句話：「我現在很忙呢，而且當初我也幫過妳佈展呀！」

是兩不相欠的嗎？你知道找藝術家交往就是這麼一回事！

盼了兩天他終於出現，我懷抱著能來個最後晚餐的天真希望，很不巧，他借來的車已塞滿了櫃子、雜物，及他找來幫忙的朋友，完全容不下我。我站在公寓騎樓邊目送他們離去，一旁擱置著我和他一起睡過的破舊床架，想忍住情緒，但騎車回家的路上我還是哭了。那晚，我和妹妹共擠同一張床，反覆讀著他丟的分手訊息，雖然知道已經無法回到過去，依舊是哭了一整晚。

《 感情線的奧妙 》 紙本、鉛筆、墨汁，2017

P 先生說他的女性友人生病快死了，奮不顧身地衝去醫院看她，留我一個人在家中研究手相，難過到想用美工刀把感情線改掉。

《P先生地獄圖》

紙本、鉛筆、廣告顏料，2017

—

失戀很痛苦，會無法控制一直在腦海裡重播過去快樂的回憶，經過任何引發情緒反應的環境和空間都會特別難受。整日沉溺在悲傷中也不是辦法，所以我將腦海飄過的大量片段畫下來，強迫將悲傷化為創作力量，逼自己好起來。

只記住好的部分，我將這些意象通通畫下，例如有次他去高山露營，傳來一張他跟派出所的台灣黑熊幼熊標本合照（是熊熊自己死在派出所門口）；有陣子我迷上了購買國外復古服飾，剛好我們住的老公寓沒有頂加，就打扮成小魔女在屋頂上要他幫我拍照；我常去的婦科診所的那座搖椅；他答應我會戒菸，但菸蒂還是滿出來，我總默默希望那些沒喝完的無糖冷泡綠茶會自己消失不見。還有有一陣子他求職不順，每天我回家都看見他一絲不掛地躺在那，還以為看到新聞上在海灘擱淺死亡的白海豚，肚子流出烏魚子。

※

社子的家位在延平北路五段巷內，那是一棟老舊的三層樓公寓，我們住在三樓，上樓得行經一直線通到底的狹長樓梯，我常幻想如果從上頭摔下來沒有緩衝該怎麼辦？

長方形的屋內用木板隔成三間，剩下空間作為走道。除了前方客廳，最後頭的廚房和浴室有對外窗，中間房間的窗戶都是開向走道。剛搬進去時，我們興奮地布置各自的房間，滿心期待新生活到來，但隨著冬天離去，氣溫開始升高，這屋子的格局也越來越令人難以忍受。當夏天正式報到，臥室和書房簡直像烤箱一樣，就算裝了冷氣也沒改善太多，於是我把床和書桌都搬到採光較好也能接收都市熱島風的客廳。

那些熱到發瘋的夜晚，我們會搬床墊和蚊帳上頂樓睡覺。頂樓是我最喜歡的地方，難得沒有加蓋，還可以看到隔壁人家的空中花園與野貓散步，躺著看清晨的天空漸層，美到讓我捨不得起床，一直待到陽光刺眼才願意離開。

我很喜歡社子的生活圈，很適合獨自進行街道觀察。從公寓的窗戶看出，正對巷尾的是一間廢棄的西服工廠。身為廢墟攝影愛好者社團一員，剛搬新家的我興奮地前往一探究竟。正要踏入工廠二樓入口，地上一具已化為白骨的貓屍打消我的念頭，看工廠緊閉的窗戶似乎飄出不祥之氣，彷彿預告著我們未來的同居關係。

公寓樓下的老牙醫診所內裝還停留在上世紀中期，每天不時有日本演歌從樓下飄上來，周遭還有一家能逛兩個小時的生活五金百貨，至於巷口那間生產全台文具店都買得到的糯米糍糊工廠，光是站在門口就覺得很感動。在同居的那三年間，這些探索帶給我不少樂趣，但也抵不過日漸緊張、生活習慣失和的伴侶關係，最後我也將這段感情封印在那條巷裡。

《養鵝少年》

紙本、鉛筆、廣告顏料，2015

—

P先生曾經是我的繆思，還是歷任男友都是我的題材呀？是愛的力量嗎？還是我特別喜歡眼鏡男孩？他這個人氣質非常特殊，認識第一天我們就一起去萬華龍山寺的半夜跳蚤市集，第二次遇到他和我說他念都市規劃，和我一樣也正在讀珍·雅各布斯的書，這樣的巧合令當年的我心跳加速，於是陷入熱戀。在一起的時候他常常帶我去各地探險，夏夜難耐就去陽明山頂看夜景，因為他，台北每一區我都探索得很深入。他總能從奇怪的地方挑到我一定會愛的禮物，或是堅持親自開卡車載我去佈展，有時候畫圖我會叫他擺動作給我畫，或是當我攝影作業的模特兒。

搬家前，我偷用 P 先生的相機自拍藝術家美照（這空間原本是 P 先生的房間），也是我和我的雜物全家福。搬去客廳睡後，他的房間被我占據，成了堆放我製造出來的「垃圾」雜物間，成堆的昂貴「垃圾」也壓垮了我們的感情。我想應該和這些雜物拍張照，至於它們未來何去何從目前還是個謎。

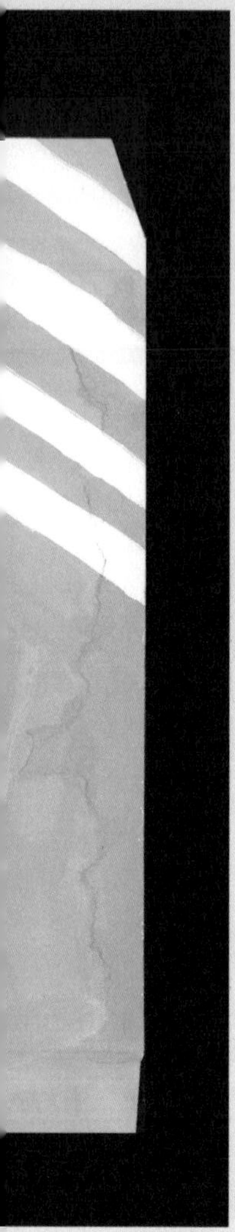

《被柱子壓住的鴨子公爵》

餅乾包裝盒、鉛筆、廣告顏料，2017

—

圖中的天使柱是前男友P先生送我的生日禮物，實物約一公尺高，他從一間廢墟餐廳把它搬回家。我上網查，廢墟之所以成為廢墟，是因為老闆在颱風天巡視時被掉下的冷氣機給壓死，從此結束營業。收到禮物當晚，我的房門自動打開了兩次，P先生說他被鬼壓床，害我那夜完全失眠，默默說服自己只是風大而已。廢墟老闆過去經營的精品公司商標上有個鴨頭，我將這個意象呈現在畫中，分手後那根柱子也壓在我心上，最後我將它收進家中地下室。

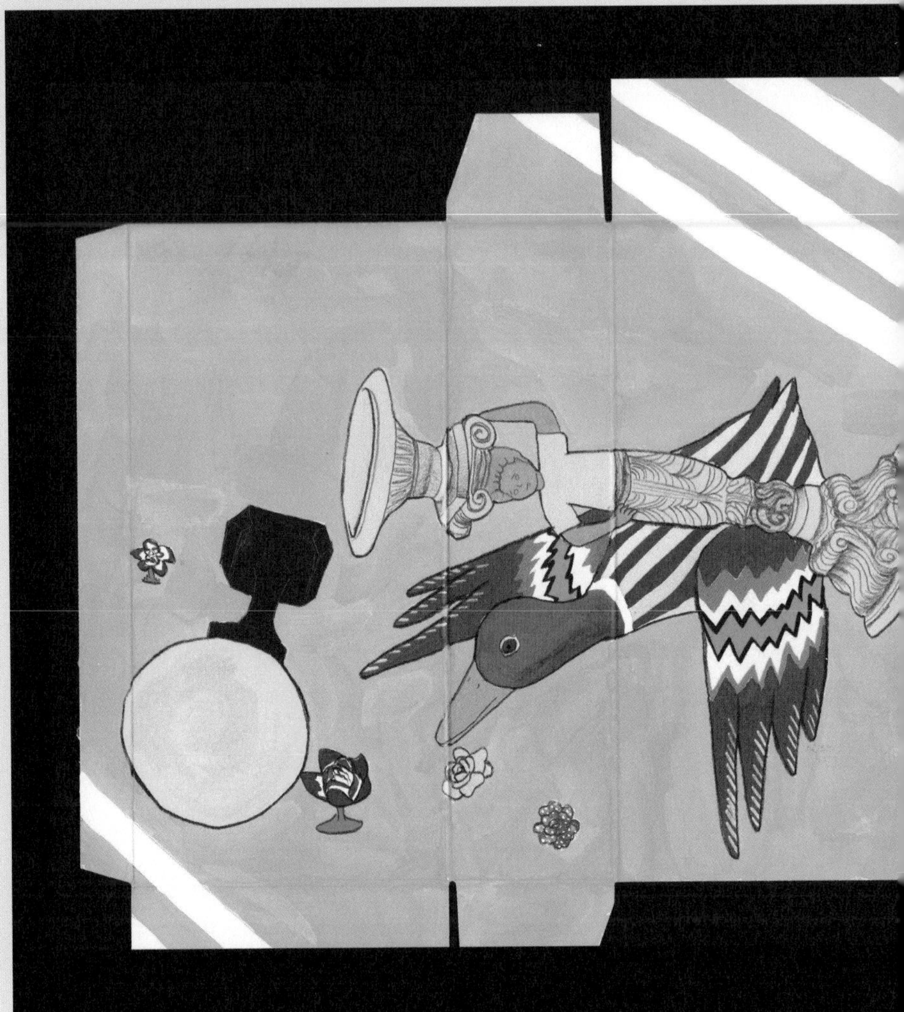

肆之貳

~一個重逢的場景~

★☆★☆★

我很喜歡香港獨立樂團 My Little Airport 在2016年的一首歌《獨身的理由》，歌詞唱著分手後還是默默在網路社群追蹤前情人的心理狀態：

♫ 情侶分手後若相處依然　代表　已是沒有愛意　或者　愛意從沒有改變

但我卻更覺得適用於　形容情侶分手以後從沒有再見 ♫

分手後，除了某次在地下電影放映會偶遇之後，P先生徹底消失在我的生命裡。直到三年過去，剛慶祝完2020跨年沒多久，他突然從IG發訊息約我去福和橋下吃早餐……

早上的福和橋下人潮洶湧充滿生命力，阿姨們列隊跳著 TWICE 舞曲的養身操、甩著亮片裙練國標舞的雙人組、地上數攤中年人的創意市集……我獨自來到一處投幣式卡拉OK店，聽見他在最裡面開始唱起林宥嘉的〈傻子〉，他聲嘶力竭的嗓音、動作和表情都極致誇張，充滿不安，這畫面在一群長輩間顯得格外突兀。

♫ 有時清醒　才是錯誤的開始　我不需要　也不重要 ♫

我還在猶豫要不要打斷他的表演，轉頭看到一位面色蒼白的阿姨，她倒吊在操場邊的健身器材上拉筋，倒過來的臉龐瞇著眼看我，她腳邊那隻白色馬爾濟斯也斜眼瞪我。

♫ 我不明白　也不需要明白　就讓我這樣到老 ♫

我走向他對面坐下，眼前曾經的愛人看來十分陌生，渾身散發著不尋常的電波，他滔滔不絕地描述不久前才在夜店跳舞到天亮，有副太陽眼鏡被一起嗨的洋辣妹拿走，接著話題跳到他在練氣功和瑜伽，他的工作近況，以及分開後他與自己的情緒拉扯對戰的種種過程。

我面無表情地看著他，內心獨白「妳是不是後悔赴約了？」接著他要我等他一下，他必須再唱一首歌戴佩妮的〈你要的愛〉，一樣用快破的嗓音加上深情眼神，看得我心底發毛。

♫ 誰是你的那個唯一　原諒我懷疑自己 ♫

吃完永和豆漿，他陪我一起散步到公車站，情緒依然亢奮，途中我說要去醫院借廁所，醫院走廊牆上貼的兒童心理衛生宣傳海報寫著：「你家小孩有注意力不集中問題嗎？」他笑著指著海報說：「我媽應該早點帶我來看的，這就是在說我。」我微笑看著他，做一個傻子多好。

《福和橋下的拉伸》紙本、鉛筆、廣告顏料，2020

這幅畫從很久之前就被排在我時程裡，等到終於有空來畫時心境已轉變，這裡的阿姨不再瞪我了，她只是個就算末日到來也堅持早晨要去運動的健康民眾。

肆之參

~我想我需要有人愛，如何靠網路交友愛得門當戶對？~

★☆★☆★

走出失戀的其中方法，就是找到下一段新戀情，很快你就會忘記你失去的痛，但沒有人告訴你中間可能需要個緩衝，學習如何從被親密愛人拋棄的自卑情結裡重新站起。

我爸就在我眼淚還未流乾之時，送了我一本書《謝你不娶之恩：離開你真的太好了》[1]，他表達關心的方式很幽默。書的內容集結自英國《真愛》雜誌的感情問題專欄，目的是要幫助女人認清現實，好讓她們不要談感情談到把自己給弄丟了。

書中有一篇「被愛情偷走」的個案，讀來溫馨實際上卻相當驚悚，大意是講一位天才少女申請上某知名音樂學院，卻放棄入學，嫁給當時深愛她的男人，丈夫為了彌補她，買了一架名牌鋼琴送她。後來丈夫死了，她也90歲了，於是《真愛》雜誌聯繫上該音樂學院，找出她當年的入學通知書，免費送她去上一週課程，好讓她不要帶著遺憾死去。真是個悲傷的故事。

[1] 克萊爾．加柏（Claire Garber），2013/2016，《謝你不娶之恩：離開你真的太好了》（*Love is a Thief*），劉軍勇譯，山東：友誼出版。

《我是一名新女性》 波蘭營養棒包裝盒、鉛筆、廣告顏料，2017

發想自垃圾片教皇約翰·華特（John Waters）的電影《女性麻煩》（*Female Trouble*），劇中的變裝女主角要展開新生活時丟下這句豪語，看到時我感動不已，便將影片截圖下來，將女主的臉孔換成我的，陪伴在旁的是當年運勢不佳的生肖馬同胞，我們一齊迎向嶄新的人生。

※

網際網路的出現徹底改變現代人交友的方式，記得以前學校都會宣導網路交友很危險，校園裡貼著小紅帽在電腦前和大野狼聊天的海報，或在健教課裡播《我們這一班》校園寫實劇，劇中缺愛的少女被網友騙後得到教訓，從此認真向學。

網路交友的風險並沒有因為時代進步降低，但我們已經不再對這件事大驚小怪了，甚至已經完全被納入人類社交活動的一環。從我第一次使用的「水晶聊天室」、「奇摩交友」、「愛情公寓」、「Match.com」，還有我大學時玩過「Are You Interested？」[2]，以及讓老白男找亞洲郵購新娘的「AsianDating.com」……在尋找真愛這條路上沒有在怕的（但可能方向錯誤）。

智慧型手機出現後，線上交友網站也被手機交友APP取代，以2013年火紅的交友軟體為例，前期我用過「Skout」和「遇見」，「Skout」使用者遍及全球，因為無法控制誰能傳訊息給你，導致我大部分時間都不忍點開，據說「Skout」也是當年發生最多起跨國詐騙案的寂寞溫床。

至於「遇見」是一款由中國大陸開發的交友APP，當時會去下載是因與家姐閒聊，她同學有人用這個APP的GPS定位認識附近的約會對象。我打開軟體，立刻收到一個頭髮染成金髮的跑車男和我Say嗨，當下確認這一區不是我該來的地方。

網路交友打亂了現實生活中固有的階級與社交可能，你無法控制你會在上頭遇到什麼，卻也很難避免用既有的品味或喜好去過濾對象，同時對於不出門就能瀏覽各階層人類的檔案感到著迷，對我來說簡直就是一種社會或田野觀察。

分手一週後，我聽朋友建議去下載了「Tinder」、「OkCupid」、「coffee meets bagel」，用戴上貓女面具的大頭貼在匿名聊天室聊天。匿名聊天室裡有一位同樣住在新北市的男子與我搭訕，我問他為何大白天不

2 「Are You Interested？」的界面是Tinder的前身，可連結Facebook帳號，每天會給你看很多男生的照片，你可以點選Yes或No，兩人都按Yes，你們就可以開啟對話，你還可以一併連結到該會員的臉書帳號，因為很常和老外聊天，我因此學會各種英文搭訕用語。

上班在睡覺，他回說已下班，清晨就在市場賣菜。這真是個詭異的局，雖然我們都知道職業無分貴賤，在聊天室裡眾生平等，但遇到一個22歲男子說想要和我約炮（我建議先換臉照），他看完立刻春心蕩漾地說要出門來找我，只不過我這一方收到的卻一張頭髮燙壞，戴著髒汙鏡片眼鏡的廁所自拍照，於是我離開了聊天室。

週五晚上，我在 The Wall Live House 門口遇到一對可愛情侶，女孩頭髮剃光，男友長髮披肩，兩人造型互補又如膠似漆，簡直羨煞旁人。我和女孩是舊識，她說男友是在「Tinder」上認識，從英國回台灣之後，她整整花了一個月時間，只要配對成功，立刻現約不囉唆，高效率地篩選對象，因此能與現在男友一見鍾情，也多虧「Tinder」讓她相信網路還是能找到真愛。於是我也學習她的毅力，睡醒滑、吃飯滑、寫論文滑、搭車滑、睡前滑，聊天時用技巧讓話題能夠導向直接見面。至於當時我的篩選標準完全沒有原則可言，因為大部分男子開場白都差不多，只能憑對方照片和直覺判斷要不要繼續聊下去。

於是天龍王子一號和我約在東區一間「馬力歐陪你你喝一杯」[3]可能會介紹的高質感酒吧，他幫我點了一杯柚子口味的伏特加調酒，上下打量我一番之後，語帶失望地嫌我穿得不夠露，「妳的檔案照那麼辣，結果本人是個學生妹是怎麼回事？」他說。我看著他的短腿，心裡想你哪有資格嫌我啦，只是33歲的他是外商公司主管，祖產在敦化南路，又是家中獨子兼黃金單身漢（好啦！是有那麼一點資格）。隔兩天他又約我去看電影，不過是那種私人包廂的高級MTV，由於當時已經過晚上十點，我用要在家陪爸媽為由婉拒，結果他惱羞成怒把我刪掉。真抱歉喔^^。

又隔一週，天龍王子二號來和我搭話，因為他母親是藝術愛好者，因此我們稍微多了點正常對話，他約我在民生社區一間新開的工業風咖啡廳見面。檔案寫著32歲的天龍王子二號皮膚黝黑、相貌端正，身穿芭蕉葉粉色花襯衫（低調名牌），頭戴當年很紅的出家人款無帽沿帽（我覺得很醜），潔淨淺藍色的短褲露出精壯小腿肌，連耳機廠牌也十分講究。

3 「馬力歐陪你喝一杯」是在Podcast收聽平台上排名很前面的訪談節目，主持人馬力歐會邀請來賓去不同間台北特色酒吧聊天收音，介紹來賓同時也會介紹酒吧風格和當天他們點的酒。

王子二號說他過去在歐洲攻讀政治學，對目前的台灣政局很不滿，認為當年連勝文沒選上台北市長是天龍人的損失，一直想動筆寫一本政治諷刺小說，卻遲遲沒有開始。他的臉書照片是一段佛經書法，信佛的他吃素，曾經想過要出家，但要戒女色太難，於是邀我和他去中台禪寺參加法會當作約會……要維持精神和他互動實在好累。中途我受不了去廁所，回程瞄見他趁我不在時，打開筆電繼續查看他的「OkCupid」訊息，站在他背後的我內心深受打擊。

接著我又遇見了一位優柔寡斷的英文老師，他正在與女友進行開放式關係，希望我能當他的「好朋友」，可以有時聊聊文學，有時牽牽小手，稱讚他畫的醜醜小漫畫其實不醜，但我卻想逃。結果逃到了一間會用芒草裝飾客廳，布置得宛如廢墟的離婚悲傷男子家，男子送我一盞來路不明的老舊檯燈討我歡心，造型和我胸口上的刺青一模一樣。從那天起，我開始害怕他家貼滿皺皺麻將紙的不鏽鋼鐵門，害怕這樣下去有可能那天會被他毒死。

振作好難，為何別人都遇到真愛，我都遇到這種？還是這根本不適合我？

《要不要來我家邀請卡》絹印版畫、剪貼，2017

以三張交友軟體收到的檔案照為靈感，設計「來我家看工作室開放」的邀請卡，左起分別為：浴室帥哥自拍、白男的微笑、腳筋骨很軟的少女（我在垃圾郵件裡挖到的色情廣告照片）。

《 善良書生圖 》 紙本、鉛筆、廣告顏料，2017

我電腦裡有個資料夾，專門存放交友軟體上那些對我按愛心的男子照片（我在網路田野調查），會被我收錄的標準有：充滿神祕感的墨鏡照、與詭異的人造景觀合照、與過分磅礡的大自然景觀合照、海灘甩肉照、把合照中長比你帥的朋友臉黑掉、與摩天大樓合照……我將這雜亂的檔案照重新排列成一幅世間好男兒圖。當畫廊老闆向歐美藏家推銷時，會強調這是藝術家少數具有「國際觀」的作品，此作品圖也被用為我首次參加新加坡藝博的個展主視覺。

針對這個問題美國作家丹．斯萊特的寫了一本網路交友研究書《數位時代的愛情：科技對交友擇偶的影響》[4]，在每章節嚴肅的數據和訪談中，作者同時也虛構了一位名為艾莉絲的尋愛少女。她的外貌條件不差，在紐約學校主修藝術設計，結束一段有毒的長期戀愛關係後，她說：「要在大都市遇到好男人很難，他們願意和你約會、閒聊，當然還有上床，可是他們一旦發現妳真的關心他們，他們就會立刻逃跑。我不愛那些為我瘋狂的男人，但我願意為他付出一切的男人卻不在乎我。」

為了突破現實困境，艾莉絲聽從朋友建議開始使用網路交友，她和我遇到同樣問題，前幾次與網友見面的經驗都很好，但都會在第四次後急轉直下。為了重回愛情遊戲，我們都開始努力「扮演自己」，試圖在第一次見的人面前印證自己就是檔案上那位有趣、性感、愛冒險的女子。但我們都忽略了人大腦處理資訊的範圍其實很有限，當一個人認識過多潛在約會對象，會被汰換取代的速度也是飛快，就算妳自稱仙女，軟體上還有成千上萬的仙女比妳更漂亮、更溫柔善解人意，這對想要尋找真愛的人來說無疑雪上加霜。

[4] 丹．斯萊特（Dan Slater），2013/2014，《數位時代的愛情：科技對交友擇偶的影響》（*Love in the Time of Algorithms: What Technology Dose to Meeting and Mating*），楊路譯，台北：五南圖書出版。

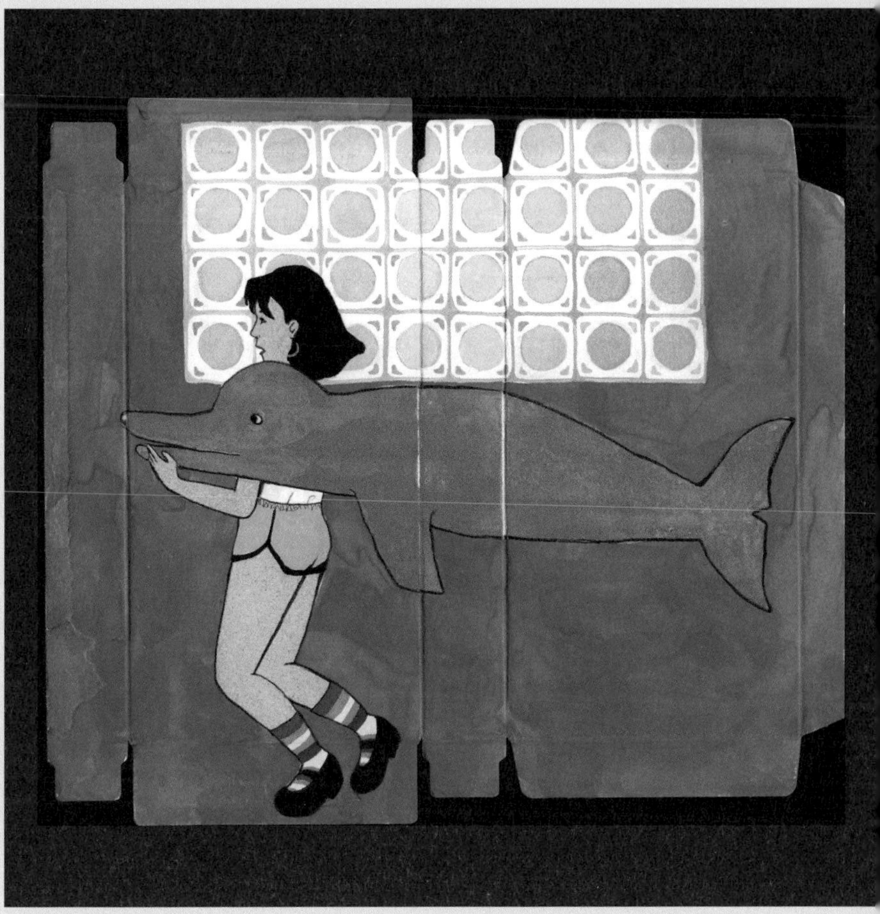

《帶我去遠方大粉紅》 北海の戀人牛奶巧克力包裝盒、鉛筆、廣告顏料，2017

在那段情感迷茫的日子裡，巴西好友和我分享他童年熱愛的兒童電影，劇中一隻長相老實的粉紅海豚被漁網卡住，女主角剛好看到救了海豚。為報答救命之恩，粉紅海豚也在某次女主角遇難時前來搭救，最後他們開心地在水裡悠遊。畫這張圖是為了紀念被我自己坐破的充氣海豚（也為了壓制破掉後的激動心情），它陪伴了我整整三年，我感覺自己也好需要被拯救。

《台北·台北 1》 鉛筆、廣告顏料、鉛筆，2017

這是一幅描繪台北人「爛約會」冒險的創作：從手中紅綠藥丸的迎賓小姐進到畫中幻境，首先會看到患血友病的女室友和天性暖男的男室友的租屋生活，每當女生看到暗戀的男室友就會發病，不過他會幫她拖地擦血。接下來還可以去參觀無聊到不行的泳池派對，在那想要釣人的年輕男女，是不是也能同時在泳池釣蝦？

《**台北·台北 2**》 鉛筆、廣告顏料、鉛筆，2018

延續上一張的台北爛約會冒險，我收集了在台北趴踢的各種照片做成畫。畫中人物打扮入時，期待能在 DJ 特色選曲中開啟一段奇緣。那陣子特別流行充氣道具，塑膠味十足，喝醉撞倒也不會造成人員死傷，玩累了就上岸去抽根菸呼吸新鮮空氣。另外水潭裡還漂浮著一對情侶，一看就覺得關係不正常。

肆之肆

~仙女求職記~

★☆★☆★

我用「仙女」為主題當作我過去幾年的創作主軸，將所有的創作論述匯集成我的碩士學位論文，當時的指導教授和口試委員都給我不錯的成績，但沒有人能告訴我接下來該去哪裡。因為我將全部時間都投在研究仙女上，導致完全沒有工作邀約。空空的戶頭，讓我想繼續無憂從事創作的理想被蒙上層陰影，是該出去找份工作了……

但我好怕，脫離主流社會太久，當年27歲，雖有一份好看的藝術碩士學歷，但沒有什麼正式職場經驗，除了做藝術家之外，我不知道我還能做什麼？

我害怕正式工作的超長工時會占用太多創作時間，於是找了一份時薪稍高的臍帶血銀行推廣人員，一週只要工作三天，只要在乾淨又有免費咖啡供應的豪華婦產科診所等候區，用溫柔語調悄悄搭訕孕婦媽咪，假溫情地提供實用贈品來換取媽媽們的個資，就能輕鬆賺錢。開頭那幾週我的鬥志高昂，是全部工讀生中業績最好的，等到隔月初，我刷一下戶頭裡那存在感過低的薪資，漸漸就對這門孕婦生意失去興致。

同時我也沒放棄另一個傳統職涯，那就是找個人嫁掉，當普通主婦，或是就給人家包養，也許煩惱就解決了，這樣對嗎？

為了這個目標，我和一個號稱家有黃金店面祖產的中藥小開約會（欸!?），和小開見面時他都會先幫我把脈，順便幫我看看我的五臟六腑有沒有需要矯正。有次約在他家附近的捷運站門口見面，他因故遲到，那天我穿著過了25歲後就極少碰的短熱褲，上身穿細肩上衣外搭一件寬鬆牛仔襯衫，在飲水機前喝水，這時一位高眺濃眉大眼的男子突然叫住我：

「小姐，請問妳是台灣人嗎？
在這裡做什麼？有聽過八大行業嗎？想不想要挑戰百萬年薪？
光是這樣和妳聊天，妳就已經通過面試了，
考慮一下妳與身俱來的條件，給自己一個成功的機會。」

他給了我一張名片，回家後我反覆想了兩天，反正我也對臍帶血生意沒熱忱，不如接受命運為我開的另一扇門，讓這位土先生[5]成為我的第一位酒店經紀保姆吧！

土先生身高目測約180公分，頂著一頭局部挑染的捲髮，眼睛雖大但卻有深深的黑眼圈，可是他卻能用無比堅定的眼神，和一邊咀嚼著檳榔的嘴說服我加入他的行列。我和他在這段時間也維持著一種十分微妙的關係，明明同年，他卻更像是可靠的大哥，總是耐心傾聽我的想法，關心我又同時嘮叨要我振作。這關係同時又參雜著幾分曖昧情愫，例如他送我回家時，會讓我產生這個人是在乎我的錯覺。（醒醒呀！他只是要妳多上班幫他多賺錢養孩子！）

有天土先生穿著印有疑似我的偶像安迪・沃荷經典自拍照的白色T恤，我發現時立刻開心跟他說了這事，他很驚訝，指出如果我在工作上發揮這項技能，可以去攻略更高端的客人，或許還能幫我找到贊助我藝術創作的糖爹，真的嗎？

5 土先生為此人代號，我至今也不知道他本名。

《週六小姐禮服、制服速寫》鉛筆，2017

第一天下班，我在孕婦的媽媽教室傳單上速寫我所穿的禮服造型，因為是旗袍主題夜，他們給我一件又短又醜，上頭繡著紅色牡丹的白旗袍。我擔任的禮服小姐，不脫衣只單純唱歌倒酒聊天。至於左圖的制服小姐，一般會坐在客人大腿上跳舞（可脫衣、可額外手藝服務），不過她們穿的制服看起來很像設計用來遮住小腹的泳衣。我的酒店經紀保姆土先生則是站中間的那位。

我非常喜歡的美國電影導演伍迪．艾倫，在他1975年的《門薩的娼妓：伍迪．艾倫幽默散文集》[6][7]裡有一篇故事，內容描述某偵探事務所調查提供特殊服務書店的案件。傳聞這間書店有間密室，包廂內坐著一群漂亮的女學生，她們戴著黑框眼鏡認真看書，你可以花錢和她們聊聊文學和哲學，聊那些家裡糟糠妻無法交流的深奧話題，她們在此兜售著一種情感體驗，收費標準則依聊天內容而定：

「花上50塊，你可以進行『不深入的陳述』；花一百塊，一個女孩可以把她的巴爾托克唱片借你聽，一起進餐，然後讓你看她來一次焦慮發作；花一百五十塊，你可以跟一對攣生姐妹一塊兒聽調頻立體聲廣播；花三百塊，你可以得到全套服務：一個淺黑色皮膚的女孩會在現代藝術博物館搭上你，讓你看她的碩士論文，讓你和她在伊琳餐館就佛洛伊德的關於女人的概念尖聲爭吵，然後她會照你選擇的方式假裝自殺。對某些人來說這是完美的一晚。」

---

[6] 伍迪．艾倫（Woody Allen），1975/2004，《門薩的娼妓：伍迪．艾倫幽默散文集》（*Getting Even; Without Feathers; Side Effects*），孫仲旭譯，北京：三聯書店。

[7] 會找到伍迪．艾倫這本散文集，來自我讀到一本關於「台灣酒家女研究」的碩士論文：《「良婦／娼婦」間的可能性：酒家小姐的記憶與身分轉換》，作者是清華大學社會學研究所的宋玉雯。由於伍迪．艾倫筆下這段文字實在太過玄妙，忍不住再拿來引用一次。

《門薩的女孩》 鉛筆、墨汁、廣告顏料，2020

「門薩」是 1940 年代英國一間只允許智力測驗達到標準的人加入的俱樂部。

肆之伍
～那你們想看我的碩士論文嗎？～

★☆★☆★

剛拿到我的學位畢業證書時，我興高采烈地和土先生分享，他冷冷地問我說：「拿這能幹麼？妳還不是來酒店上班？」我不發一語地將畢業證書塞進包包，換上藍色的長禮服制服，開始上班同時，我在心中進行一場自我辯證：「對啊！在這有誰在乎我研究什麼嗎？仙女作為藝術命題怎麼被實踐出來很重要嗎？還是我應該更積極去扮演土先生和當班經理所定義的我，一個長腿、異國情調、會說英語也會笑得冷豔的小姐？」

關於研究生下海田野觀察報告已經不再稀奇，最經典的是1998年東海大學社會研究所學生紀惠文的《12個上班小姐的生涯故事》[8]，當時此舉轟動台灣媒體。紀惠文以親身下海感受被汙名和邊緣化的上班小姐族群，希望透過書寫去除她們的汙名標籤，文中生動描寫她在中部理容院、小型KTV、大型KTV工作時認識的同事和她們的生命故事。她沒有直接從事陪侍工作，而是擔任其他工作人員好方便觀察，小姐們也不全然都向外界想像得那樣苦情，她們就是普通女孩。

在沒有客人點檯的空檔時間十分漫長，手機都被收在櫃檯無法用滑來緩解焦慮，小姐們就只能抽菸，一根接著一根，盯著包廂電視螢幕上的卡拉OK新歌預告影片解悶，沒有菸癮的我只能研究MV導演的鏡頭美學。我很少主動和同事們聊天，只是靜靜地觀察她們美麗臉龐下的疲累細紋，尋找能夠開啟話題的素材。有時幸運能和幾位比較和善的小姐搭上話，她給我看她手上的薑絲小籠包刺青。

「為什麼是小籠包？」

「因為這是我最喜歡的食物呀！」

這時一位具野性美的女孩推開包廂門，所有小姐都拍手簇擁她，原來這是她今晚二度被帶出場並且成功回歸。

「我就在他上面搖了幾下。」

我在旁邊看到她自信性感的笑容感到十分羨慕。那我來這裡的目的又是什麼呢？

第一天晚上，我被一位胰臟剛動完手術的好心客人「匡」[9]了整晚，當班經理特別來鼓勵我，他點我是因為今晚只有我願意對他笑。他是專業酒店玩家，每週至少有三天會泡在這，他對我細數他的酒店探索日記，我假裝正在戀愛，依偎在他身旁專注聆聽他說的每一句話。興致上來他要唱一首「酒店小姐之歌」[10]送我，我讓他想起了某位小姐，那個小姐當時唱過這首歌給他聽。

♫愛　唱一首歌　一首有頭無尾的歌　有時快樂　有時悲傷　有時只剩孤單　愛　唱一首歌　記錄咱的心晟　甲生活　有時清醒　有時懷疑　人生到底　為著啥♫

唱著唱著，他感動到熱淚盈眶，這可能也是少數能讓他思考人生，思考自己到底為什麼活著、為著啥。

8 紀惠文，1998，《十二個上班小姐的生涯故事》，台北：唐山出版社。
9 酒店術語，指買下小姐所有的時間。
10 〈人生的歌〉，黃乙玲演唱，收錄在2005年發行的《人生的歌》專輯。

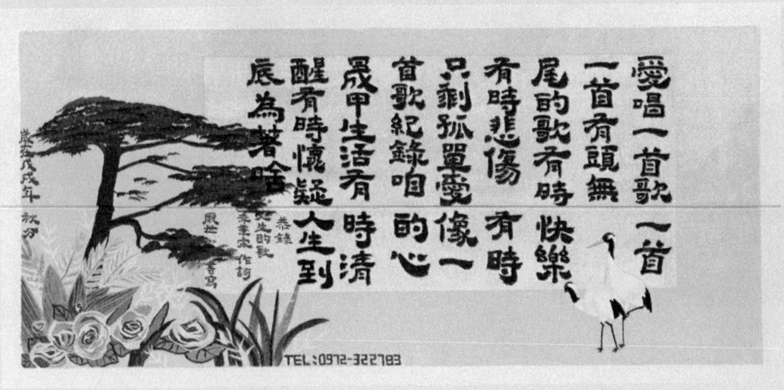

將〈人生的歌〉歌詞寫在壁畫題文字欄，我畫了一個華麗的框，由藝術家「厭世書寫」劉星佑老師題字。

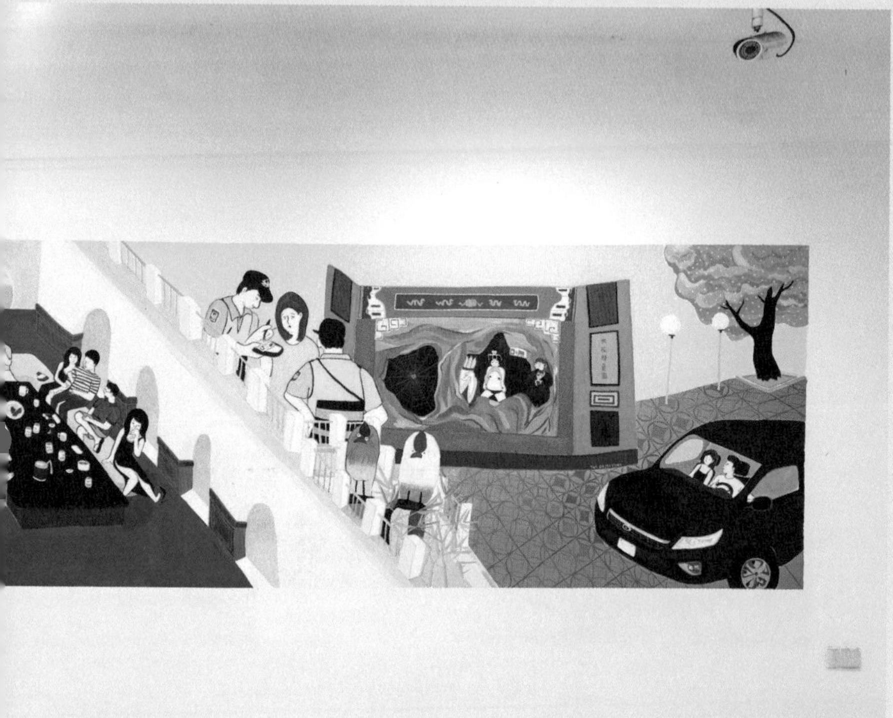

《 女服務員圖 》 水泥漆壁畫，2018-2019

在台北國際藝術村活不到一年的短命作品。這個女服務員的壁畫，我畫了整整一個月，塗掉之後我哭了整整兩天，好像也只能這樣了。

※

翻開青樓女子的歷史，清代以前的青樓女子都受過琴棋書畫、吟詩作對、歌唱才藝等表演訓練，有的文學造詣非常高，厲害的紅牌地位就和明星一樣，提供客人全方位的娛樂和戀愛體驗，來我們點播一首杜牧的唐詩《秦淮泊》：

「菸籠寒冰月籠沙，夜泊秦淮近酒家。
商女不知亡國恨，隔江猶唱後庭花。」

但我身處的包廂裡，旁邊客人摟著的小姐唱得怎麼會這麼難聽，在這種情況下我腦海浮現的卻是這首詩，好像也怪怪的，為了釐清問題，我開始思考自己誤闖這一行的意義。

過去我常常聽到身旁哭窮的朋友，總會開玩笑說乾脆去酒店上班好了，可以賺比較快，但也就是說說而已，很少人真的去做，抱怨完還是乖乖回到原本的工作崗位，大家的顧慮到底是什麼呢？

英國學者艾莉森・沃爾夫（Alison Wolf）在她的女性新興階級研究專書《女力時代》[11]提出，特種行業對一般（受過良好教育）的女孩來說具有風險，她們還有婚姻市場要操心。即便現代人對性行為的觀念已經開放許多，但為了婚姻與財產制度的傳承，男性更傾向選擇背景單純的女子，如果妳去做等於破壞自己的妻子行情。

相較前輩女性，成為職業賢妻良母不再是現在女孩人生唯一的選項，她能憑著專業技能投入社會實踐自己的理想，這與她的生理性別和外在條件沒有絕對關聯性。而那些選擇用原始性姿色賺取金錢的女孩，通常處於一個沒有太多資源可選擇的社會階級，她們可能教育程度不高，能找到的工作有限，也許將自己商品化最快。

---

11 艾莉森・沃爾夫（Alison Wolf），2013/2015，《女力時代：改寫全球社會面貌的女性新興階級》（*The XX Factor: How the Rise of Working Woman has Created a Far Less Equal World*），許恬寧譯，台北：大塊文化。

這個詭異的階級衝擊讓我在包廂的時間坐立難安，例如有個點我檯的阿伯客人和我閒聊，得知他和我的學歷有巨大落差之後，表現得十分不自在，因為眼前這個穿著爆乳裝的女孩，聲稱自己白天是美術老師，[12]無意間已經危害到他的男性尊嚴（老師怎麼能穿這樣）。

他拒絕接受我想交朋友的善意，我已經使出所有聊天技巧他都愛理不理，害我只能專心維持桌面整潔，煎熬地度過整段時間。更想不到的是他竟然在時間結束後，問我能不能被他帶出場過夜，我一句話都沒說看著他猛搖頭，內心其實有點憤怒，阿伯你這樣把人家搞得好亂呀～～～

最後一天上班，完全沒人點我的檯，我就這樣被送進一間一間包廂推銷，有間包廂打開客人是一排貨運司機，他們人手抱著一位脫到只剩內褲的小姐，我盯著其中一位被打斷「秀舞」[13]的制服小姐，她的內褲上有唐老鴨圖案，至於客人們身上穿的亮橘色制服，很像我叫過的某間快遞公司制服，那間快遞的線上託運服務很好用。

他們最終沒有選我（好險），回到休息包廂，我和坐我身旁同樣生意很差打著瞌睡的女孩聊起來，她皮膚很白，臉蛋清秀可愛，跟我身高差不多，還主動把她的點心分給我吃。我問她怎麼會來到這邊，她說之前在旋轉壽司店上班賺太少，不夠她花。那錢都花去哪？就拿去買手遊點數了。講到這她眼睛頓時一亮，細數她玩過的各種手遊，每天睡醒後就打，打到出門上班前才停止。

我心想，才21歲這麼好看的一個女孩，這樣消耗下去有點可惜，就問她有沒有想做的事？她說大學休學不想念了，她真的很喜歡手遊，鑽研到她知道很多遊戲設定的Bug，然後研究怎麼破解。我追問怎麼不去遊戲產業找份工作，她說有想過，但不知道怎麼開始。於是我建議她可以從相關打工找起，表現出一副對求職有很多見解的專家一樣，但此時此刻我只是她的同事，一樣等著被客人點檯。

12 要解釋我在當仙女實在太困難了，而我也真的有當過畫畫老師。可能我太誠實了，如果能捏造了一個更符合這個環境需求惹人愛憐的身世，或許才是賺錢的王道。

13 酒店術語，指是客人在包廂消費時制服小姐所提供的服務，她們會在剛上檯時隨著音樂與迷幻燈光跳性感舞蹈，可說是先將客人迷倒的開場儀式，詳細情形可參閱2017年台灣饒舌樂團「頑童MJ116」熱門作品〈辣台妹〉歌曲意境。

接著另一位剛下檯的女孩走了進來，她比手遊女孩更漂亮，細細白白的腿踩著鑲著大顆水鑽的深綠色緞面高跟鞋，天生麗質讓她只要人工睫毛點綴就十分動人，她說等等下班要去夜店跳舞。我想到我也即將和朋友在附近的「濕地」[14]辦活動，就問她們要不要來玩，拿出傳單那一瞬間我立刻後悔，因為意識到自己和她們是完全不同世界的人。

而我是什麼多了不起的人，憑什麼給她們人生建議？更難受的是，我只是來暫時體驗這裡的生態，還有另外一個世界在等我，但她們能去哪呢？在被這巨大無力感的黑洞給吞噬前，我決定和土先生辭職，懦弱地回到原本那喜樂無菌的世界。

下班時換回便服，在櫃檯打卡遇到那位手遊女孩，我誇讚她假睫毛接得真的很漂亮，請她給我店家的地址，我們熱情地互換了 Line，在那之後我們從未聊天，我也不再假裝自己需要接睫毛。

14 「濕地」是位於台北林森北路一間整棟式複合式創意展演空間，前身是一間名為「月球大旅社」的廢棄旅館，2015 年成立，位置就在日式酒吧林立的條通小巷裡。

《 憂傷的正仁 》 紙本、鉛筆、水彩，2017

正仁是我的論文指導教授，上課時他都會用紅白塑膠袋收納作品光碟，還有用分裝藥盒裝 USB 隨身碟。在這裡放他只是因為有次我下班後卸完妝，就直接跑去學校找他看的我論文修訂版，那天他看起來神情憂傷，一邊整理資料一邊和我抱怨他兒子不回家的瑣事，而我的精神狀態還沒完全下戲，差點就要靠過去溫柔詢問他怎麼了，但理智告訴我他是教授不是客人。

《女服務員系列》 紙本、鉛筆、廣告顏料，2018

其實決定去上班那一刻起，我就想為這段經歷留下一點什麼，我把它當另類駐村，但第一天下班我就被嚇得躲在酒店員工休息室崩潰，這是哪門子天真想法！！但我還是把它畫出來了，因為在裡面是不能拍照的，為了重現空間影像，我特別半夜晃去林森北路感受一下當時上班會經過的路徑，在畫裡重新解構。我還去故宮看了仇英的〈漢宮春曉圖〉原作，放入一些古畫的構圖和我自創的敘事技巧，以一個前小姐身分去深刻描繪我所著迷的深夜台北。

肆之陸

~台灣小情人~

★☆★☆★

「伴」有做伴、陪同的意思，和「遊」組在一起就是「伴遊」，這個名詞沒有很具體的解釋，只能從字面上理解為「一起做伴遊覽」，但也可以說成是受僱傭者與僱傭主達成協議一起外出旅遊，受傭者則是以伴遊做為職業。

以上為我在一間娛樂經紀公司招聘人員網站上看到有關「伴遊」的定義，我也是到整段「伴遊」關係結束後，放了很長一段時間才回頭釐清到底發生了什麼事。

在我自我價值相當混亂那段時期，我在一個專門與外國旅客交流的社群網站，收到一個香港男子的訊息，看起來十分正常普通的他，問能不能和我一起去阿里山遊玩，他的要求很簡單，我只要出現在那，全程陪他，就像朋友一樣，他會負擔所有開銷。

起初我用嘉義好遠為由婉拒，但他沒有要放棄的打算，持續噓寒問暖，漸漸打動孤單女子的心，也很久沒人主動說要帶我出去玩，那就去吧。接著我們每天都聊，我幫他規劃行程，他說這次來台灣主要目的是看阿里山日出，怎麼這麼巧我也沒看過，那就一起去吧。

我們約在台中火車站碰面，那天我穿著淺紫色碎花洋裝，在車站前找尋他的身影，這時一位穿著淺黃色上衣和休閒短褲，看似長相約30出頭，小腹微凸不具威脅性的男子向我走來，神情略顯緊張地自我介紹：「妳就叫我小智吧。」

要和一個沒聊多久的網友見面，並且一起旅行三天需要多少勇氣？

首先你必須克服一開始的尷尬氣氛，為了改善空氣，我將坐檯時培養的人格拿出來，將他當成客人（他本來就是）。接著要設定一個角色情境，我是他難得見面，個性外向活潑可愛的遠距台灣女友，我存在目的就是要讓他開心，他想要什麼我都會盡力配合。

我坐在小智租來的車的副駕駛座上，一直聽他講各種笑話，點播他指定的粵語歌曲，討論港台之間的文化差異趣事，偶爾他也會教我廣東話，互動的過程看起來都很平靜，但我卻無法忍受他在公開場合的親密舉動，直到發生一件事……

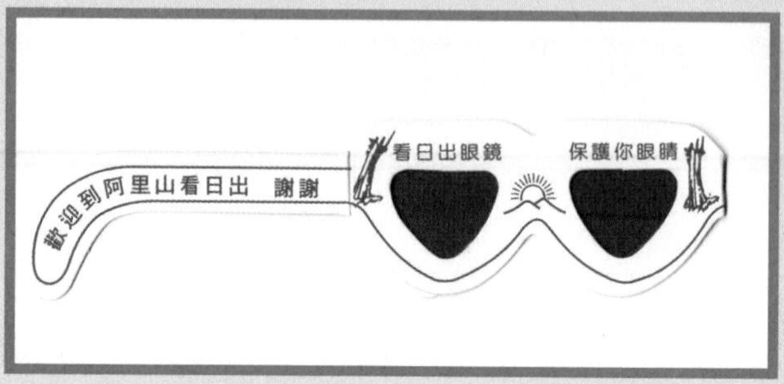
歡迎到阿里山看日出　謝謝
看日出眼鏡
保護你眼睛

小智在阿里山小火車出口掏出 30 元買了這副眼鏡來給我看日出，那天天氣太壞沒看到日出，所以被我收在包包裡，回去時翻到，就這麼成了紀念品。

那天我們在阿里山神木林間散步時，天空飄下了濛濛細雨，水氣讓原本的氣溫更低，我拉著身上薄薄的外套有些顫抖，這時他牽起了我的手說：「冷不冷呀，天吶！妳的手好凍，來我給妳搓熱一熱，如果著涼就不好了。」被小智這麼一哄，我立刻暈了，出現他是真的在乎我的幻覺，一瞬間前面的角色設定都變成真的，從原本50％投入升高到90％，想當然我的表現也無懈可擊。

最後一個行程，我們踏在高美濕地的沙地上，看著暖黃色的夕陽倒映在遠方潟湖閃閃發光，也預告著這一切終將結束。送他去趕飛機的路上，他緊緊摟著我對我說下次一定要到香港找他，他會帶我去玩，我也用充滿愛意的擁抱回應他。懂事的女孩都知道，當男人這樣和妳承諾時，他就只是隨口說說而已。

《 **養一隻雞比我高** 》 巧克力餅乾包裝盒、鉛筆、廣告顏料，2017

分開後，我發現小智的訊息從秒回到超過 48 小時都沒有回，我太難過了，腦中浮現的竟然是我帶他去吃嘉義雞肉飯的名店，店裡牆上貼著創辦人和一隻比他高的雞雕像合影，當下我很想偷走那照片，但是沒有成功只好自己畫一張，小智本人可能也長這樣？

※

我又回到了茫然的現實，小智的訊息量開始減少，我是不是做錯了什麼？

事隔兩週，一個朋友換到一間年輕的小畫廊上班，她向老闆推薦我的作品，畫廊老闆十分喜愛，大膽決定要帶我的作品去參加香港某飯店的藝術博覽會，我立刻問說藝術家也可以一起去嗎？

我衝動地把戶頭裡所有的錢買了香港來回機票，開心地告訴小智我要去找他的消息，他幫我在九龍尖沙咀訂了一間高級酒店，說會帶我去吃好吃的，但字裡行間裡沒有什麼情緒。

我們約在地鐵站外碰面，他穿著白襯衫、黑西裝褲和黑皮鞋，坐在公園石椅上看起來相當疲憊，這和我在台灣看到的他判若兩人，在香港，他就只是一個被生活壓到喘不過氣的普通上班族，睡覺還會打呼。

接下來幾天我都和畫廊一起顧展，等他晚上下班來接我吃飯，每天去吃不同的在地美食，從九龍搭渡輪到香港島、上太平山的無敵夜景步道、去殖民風情的赤柱看海、搭很久的車去元朗接觸大自然、有現場駐唱的工廠大樓火鍋店……當我坐在叮叮車的木頭座椅上，我彷彿進入了張愛玲的小說場景，一邊聽他說著把我逗樂的鬼故事，作為一個在地導遊他真的很完美。

每晚我都吃得好撐回到酒店，食物沒有不好吃，就是太多了。小智對我的態度似乎變了，走在路上總會和我保持一小段距離，即便他依舊殷勤，熱切地介紹所有關於香港的故事，但我卻無法判讀他真正的心情，我不發一語地看著盤中的冰淇淋化成一團，包圍剩下的布朗尼熔岩蛋糕，也沒有動力再繼續問下去了。

在尖沙咀酒店最後一夜，電視上正播著韓國電影《阿修羅》[15]，結尾所有的人都在殯儀館內噴血互相大砍殺，我很睏，他則非常專注在電影情節裡。我感覺有些無奈，片中那些刀彷彿也一起砍在我身上，連日光燈管都要掉下來了。看完後關上電視，躺在酒店的大雙人床上，他沒有來抱我，兩人之間好像隔著約70公分厚的隱形牆，我聽著他雷聲的打呼直到天亮。

起床後，我看著他換回白色襯衫和黑色西裝褲，我想這是永別了。我想要一個好的告別，所以用力抱住他，他卻沒有正眼看我，我已經想不起來最後他有沒有和我說再見，就這樣看著他消失在長廊盡頭。

15《阿修羅》（아수라），2016年韓國導演金成洙的作品，屬於暴力犯罪動作類型電影，本片極為暴力血腥，而且結尾沒人活下來，很不適合當約會電影觀看。

《 **台灣小姐的代言** 》紙本、鉛筆、水彩，2017

翻著以前筆記本收集的圖庫裡，我收集了一張台灣小姐去日本代言黑鮪魚的照片，小姐與當地代表大叔緊緊地靠在一起。整個伴遊事件結束後我回到家心情太過沮喪，把自己投射到桌上那塊黑鮪魚，只是我是一隻珍奇恐龍，牠被掀開來的肚子裡裝的都是鮭魚卵。

肆之柒
~我以為我很特別~

★☆★☆★

經過前面一長串的關係體驗，我常會找身邊也有類似情形的朋友互吐苦水，交流彼此慘痛的愛情故事，讓自己顯得沒那麼慘。某日深夜，連續兩個朋友都傳訊息和我說他們又失敗了……

第一位是來自高雄的熱情女孩，她經歷了四次有情無緣的跨國戀情，屢屢送對方去機場返國，她再也受不了這樣了，因為他們都拋下一句：「妳真的是很特別的人。」但說完就走。

第二位是來自宜蘭的靈氣美男，自從兩年前和男友分手後，感情就沒有順過，約會經常約到有男友的高層主管，他怨嘆：「我一定有什麼狐狸精體質。」

我好奇關於被說很特別，但依舊被拋下這背後的心理因素是什麼？於是去翻了《愛情的哲學》這本書，作者德國評論家理查・大衛・普列希特針對愛情做了不同面向的思考，認為愛情是一種特殊性，人們透過戀愛過程去體驗世界的瘋狂，讓以前覺得無聊的事能夠變得有趣。16

普列希特說：「唯有被特別的人認為特別，我們才能覺得自己特別。唯有透過這種方式，我們的愛情永遠是一種很特別的愛，只要我們還感覺到它或相信它。」也許因為這樣的感情太過特殊，要維繫它的成本過高，如果沒勇氣承擔，當夢醒時分後，寧可先閃為妙。

愛情這個主題在這個時代還有談論的必要性嗎？幾年前，在網路上看到大家瘋傳某知名企業家給年輕人的十大建議，其中關於愛情部分，他只淡淡地描述：「就只有愛與不愛了這兩種，失戀哭完隔天只要用毛巾熱敷眼睛就會沒事了。」但真的像他說得這麼簡單嗎？

現在的兩性專家則會告訴我們，想從他人那索取愛來肯定自己是不健康的，而偏偏我們又是活在一個將關注數字化的年代，每一次都會用全部的力氣投入，因為相信「自己」是特別的，而那麼巧也有另一個人和你想得一樣。

[16] 理查．大衛．普列希特（Richard David Precht），2010/2011，《愛情的哲學》（*Liebe: Ein unordrntliches Gefühl*），關旭玲譯，台北：商周出版。

我們在臉書的訊息對話框裡，建構出一個愛情至上的理想世界，以為更多元的資訊管道能夠讓我們更順利抵達，卻發現我們都有嚴重的選擇障礙。這一刻我才恍然大悟，意識到其實自己和當時正在讀的《金瓶梅》小說裡為了被愛，努力想要向世界證明自己價值的潘金蓮行為一模一樣，原來我們都不特別呀！

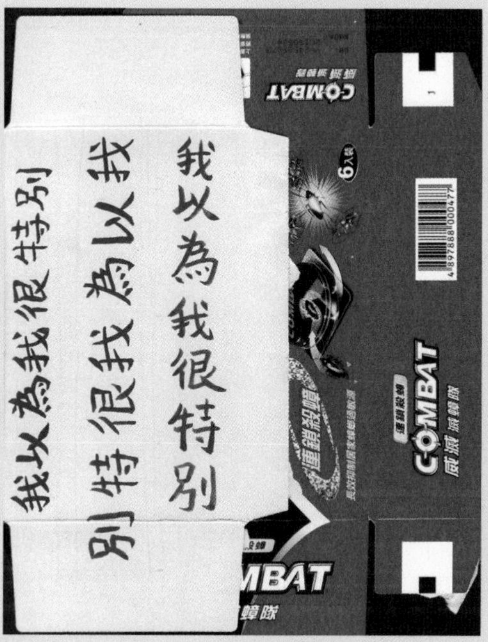

寫在蟑螂藥包裝盒背面的「我以為我很特別」題字。

※

我應該要為這一切留下一點什麼，剛簽約的畫廊又囑咐我一定要辦場個展，那我該做什麼呢？

我靜下心回想那些逝去的短暫關係，它們的共通特質都是有個轟轟烈烈的開始，結束的時候除了手機相簿裡的照片，什麼也沒留下。這些感情流水帳更像是地縛靈，除了我自己製造出來的，還有從朋友那回收來的，徘徊在我身邊壓得我喘不過氣，也許是時候該建造一座空間去安置這些情緒，這空間應該長什麼樣子呢？

平時我喜歡逛「碩博士知識加值網」打發無聊，那時剛好找到幾本研究宋代文學中女鬼的論文，其中一本分析小說裡的虛實空間的論文超級好看。[17]研究內容指出，最容易與靈界女子戀愛的地方，通常會發生在人煙稀少、偏遠荒僻的場所，如已經荒廢的古井、深山偏僻的草屋、崩壞失色的花園、幽巷封閉的門樓、陰氣重重的廟宇等。這些空間所散發的謎樣魅力，置換到城市空間依然不減，在愛情開始的那一瞬間，因為精怪的法力施展，所有衰敗都成了金碧輝煌、鳥語花香的幻境，在那個世界我只看見你的美。

※

我相信在花園裡能越過地理時空與任何想見的人重逢，包括仙女在內，一起重溫甜蜜舊夢，那花園在哪裡？於是從一個純粹的潛意識投射，推引我去將這座花園蓋出來。

這座花園建立在青草地毯上，就像一座邵氏電影片場，有著粉藍的天空，沿途都是粉紅的樹，還有一座可以跨越兩個世界的橋，橋下有一座福報池，能夠看到前世今生，並且欣賞花園景緻。當你和所愛之人

---

[17] 金明求，2002，《虛實空間的移轉與流動：宋元話本小說的空間探討》，台北：國立台灣師範大學國文研究所博士論文。

走下橋，進入只有兩人的情人雅座，可以進行一場不尋常的約會，讓關係能夠留在裡面。而橋的造型靈感則來自《地獄遊記》描述的奈何橋，橋上有整排的球形燈，就和安放我阿嬤靈骨塔內一樓入口，照亮地藏王菩薩袈裟的燈是同一款，我真心對這些物件的黑暗隱喻著迷不已，就算那有多麼難被人察覺。

情人雅座的設計來自我慘淡17歲高中生活時期最愛的一篇故事〈六角形的小屋〉，這個出自日本作家小川洋子《無名指的標本》[18]書中的短篇，大意描述一個心靈空虛的醫院女員工，和未婚夫分手後，偶然跟蹤一名在公共泳池認識的阿姨，尾隨她到偏僻郊外一棟廢墟社區大樓，發現那有一對母子經營一門奇怪的生意：他們提供一間能容納一人的六角形小房間，裡頭沒有窗只有一盞酒精燈，任何進去裡面的人想說什麼話、想待多長時間都沒問題。

18 小川洋子，1994/2010，《無名指的標本》，王蘊潔譯，台北：麥田出版。

《我以為我很特別》的手繪展場配置圖。

《我以為我很特別》展出的木造裝置，設計來自我的建築師表哥汪政賢，他幫我找到最厲害的木工邱宥誠與蘇榮豐先生，在陰涼閒置停車場幫我施工，我想對這些在背後支持我夢想的偉大男人們致上最高敬意。

這間虛構的六角形小屋對我的少女時期意義重大，小屋是我想遠離現實困境時可以接納我的地方，在這十年內我想將小屋建造出來的念頭從沒停過。六角形也是中式園林最常見的涼亭建築，以前住淡水竹圍附近有一處雜草叢生的公墓，墓冢旁的小丘上有一座六角亭，為了和旁邊的社區親子公園區隔，社區在公墓周邊圍了一圈鐵皮柵欄。

自從那次散步經過，我常站在另一頭的親子公園，遠遠眺望著那座涼亭，事後更常不由自主地想起，想說該如何穿越重重障礙去亭中坐坐，我會在那遇到什麼人呢？

我上網找了台北市歷代地圖，用疊合的方式檢視，發現近80年來，不管公墓周圍的建築如何改變，那座六角亭始終都在，過往清明時節，上山掃墓的家族會在涼亭野餐嗎？

至於我的「情人雅座」涼亭則將傳統的屋頂給剷平，周圍用透明壓克力板罩起來，變成一座既能私密傾訴心事又能休憩的小屋。小屋天花板配有三支冷色日光燈管，地表則鋪上紅色亞麻布（傳統博物館展示櫃襯托文物的組合），當觀眾進去時也成為展品的一部分。

涼亭內擺放兩張傳統診所用的候診椅，背景的壁紙就和台灣家庭凶殺案現場的格紋窗簾一樣，讓感情面臨考驗的情侶進到涼亭溝通，想待多久都可以。我十分景仰的前輩藝術家侯俊明老師，他一個人閉上眼進到裡面，出來時他和我說：「我感受這一個充滿情慾的空間。」

是呀！裡面裝著滿滿的情感，過度的激情通常都是走向死亡毀滅的開端，但在我的情人雅座休息時，不用太過擔心，裡面有裝電動通風扇，還會香香的，聞起來像是仙女剛剛來過。

《我以為我很特別》義美小泡芙包裝盒、鉛筆、廣告顏料，2018

花園預示圖，我從華航空姐月曆得到靈感，請一位美麗的領航員協助導覽，橋上是梁山伯與祝英台相遇的地方，走下橋，你會進到「情人雅座」體驗一段特別的關係。

《 我以為我很特別 》 複合媒材、壓克力、木造裝置，2019

於臺北市立美術館展出的情形。為了這組作品，我特別在淘寶找了一套紅色空姐制服，想和我畫中的領航員小姐一模一樣，那紅色一定要紅到讓人感到不安才行。（任慕懷 攝）

《 我以為我很特別：情人雅座與奈何橋 》 複合媒材、壓克力、木造裝置，2019

初次在「十方藝術空間」展出的情形，我好愛那個冷光效果。（林郁晉 攝）

媽媽找到我阿公阿嬤年輕時在涼亭合影的照片，原來他們早就去過我的花園了。

後記

~一切都是幻象~

★☆★☆★

「人生最大的幻象，莫過於藝術與愛情，她曾為此奮不顧身，撲火一般，卻始終是個圈外之人。」

那我現在算圈內之人了嗎？

作家李維菁是我的繆思女神之一，她的小說《生活是甜蜜》[1]寫實地描述台灣藝術圈的生態，書中那位用生命貼近藝術的女子下場多麼慘烈，而當初P先生離開我，其中一個原因就是他說在我身邊快要沒有自己，這種被創作火焰吞噬的感覺到底有多可怕？

書裡還說人類最早出現的創作欲望，出自飯後娛樂圍繞著看火堆時所產生的幻象，為了讓這迷人的幻象延續，他們將它記錄下來，嗑了些草藥好讓這把火繼續燒下去。這巨大的幻象和談戀愛的感覺很像，尤其是當你愛上了危險的人。

於是，每當我赴約去見危險情人的路上，或者準備去ATM將戶頭清空製作高級垃圾時，嘴裡總會自言自語著：「愛情和當代藝術是人生最大幻象，一切都是幻象⋯⋯幻象⋯⋯幻象⋯⋯」

這效果可能跟碰見不明靈體，嘴中要唸著南無觀世音菩薩的道理一樣，碎唸同時還是乖乖地搭車去見愛人，或者乖乖地把錢轉給廠商。

這裡想要提醒大家，當你看到藝術家正在受苦，真的不用同情，他就是個被虐狂自作自受，放棄也只是一瞬間的事呀！放棄這念頭是黑藍色的，常會出沒在我陷入經濟困頓的時候，那時會有個聲音敲敲潛入中央決策中心，變成小精靈用氣音在耳邊散播著勸退思想：「妳這麼辛苦為了服務一個幻象到底有何意義？」可是不做，我又會被這些幻象困擾，無處宣泄。如果又正巧碰上勸妳買儲蓄險的銀行小姐，當我答不出我到底在從事什麼工作，年收入多少這題，她會語帶關心地問：「妳怎麼不去找份穩定的工作呢？」真是一語驚醒夢中人，我忍住不讓眼淚流下。

1 李維菁，2015，《生活是甜蜜》，台北：新經典文化。

有時必須在極短的時間生產大量作品，當壓力與創意靈光都到達某種極限的時候，我都會有想要拿出刀片的衝動。此時內心那位奮發向上的人格就會跑出來，要我冷靜，想想那些真心喜歡我作品的人，妳就這麼快就自我放棄怎麼對得起他們呢？而且展覽海報都已經印好妳的名字了。

寫這本書的過程也是，就如同把自己丟進食物營養萃取機裡，逼自己回到過去某段情境，重新審視自己。閉上眼睛回想起當時空氣的味道、空間的顏色，一邊爆食魷魚絲，一邊書寫，那真的不是一般難受。尤其在寫第四章時，每次通靈招一回魂，我都要連續聽好幾首劉文正的歌來撫平心靈。全盤托出後，也就這樣了，我終於可以重新開始，畫那些堆在筆記本裡一直沒能畫完的怪圖。

去拜訪經營仙女廟的仙姑時，她們都說我會對仙女這個身分有興趣，是因為我本來就是仙女轉世，或許這就是緣分，是命中注定，與藝術幻象纏鬥的過程也是一個奇緣，這就是「仙女奇緣」。

「仙女奇緣」這個書名關鍵字的靈感，出自某天我在家後山公墓散步，無意間在墓冢瓷磚畫上發現的一款題字，於是在這雜草叢生無人煙的山坡上，我欣賞著它的配色和構圖，看久了忽然覺得董永和仙女的家還挺有設計感。

《 繆思女神的恩典 》 紙本、鉛筆、廣告顏料，2018

有時我也變成他人的繆思，這也許是好事，至少成品看起來都很美，我用青春賭，他會因此得到攝影大獎。

附錄

附錄壹
~仙女的信仰~
全台仙女宮廟大蒐羅

★☆★☆★

從仙女傳說故事看來，就算純屬虛構，仙女們勇敢主動追愛的性格依舊激勵著（古代）婦女，她們也從神話人物演變成民間信仰的祭祀對象。掌管婚姻與美的仙女，同時也是賜予婦女智慧的神靈，而織女和她的姐妹們亦被稱作七星夫人、七娘、七星奶、七星娘娘或七仙女。

七仙女主要是在台灣和福建沿海一帶崇拜的女神，她們能保佑小孩健康長大到16歲，再和月下老人合作姻緣配對，可以說完全是早期婦女的心靈守護神。

小時候我媽媽有教我拜過一次七仙女，她說七夕也是乞巧節，並在農曆七月七日這天，帶我們去市場選購祭拜需要的供品：

① 點心類：糖粿、紅圓、牽仔粿
② 香花：雞冠花、圓仔花
③ 女性用品：古早胭脂白粉、圓鏡、梳子、春仔花（鑲有珍珠細緻的紅色頭花，以前看我阿嬤的抽屜有很多）、針線組

④主餐：麻油雞、油飯
⑤水果、牲禮
⑥水盆裝水附毛巾

準備好，媽媽會帶女兒們一起燒香，朝天上的北斗七星的方位拜，請求仙女賜予女兒們一雙巧手，與如花朵般的容貌，還有平平安安長大。

媽媽說她小時候阿嬤也是這樣帶著她拜七仙女，阿嬤生前是厲害的裁縫師，也許這是媽媽將思念化為行動的一種儀式，順便也傳承給她的女兒，就算只有那一次。

我們是在家裡公寓的陽台祭拜，那時還擺了一台可能是抽獎送的天文望遠鏡，我一直很執著想用望遠鏡找仙女的星星，看能不能看到牛郎織女相會的那一刻，還問我媽仙女會不會忙著吃我們準備好的油飯，吃太飽跑不動去見情人？

至於台灣要去哪裡找七仙女呢？以下為我曾經到訪過，台灣供奉七仙女最具代表性的人氣廟宇，分布在北中南三地：北部有新竹五指山「玉皇宮」七仙女亭、中部有大甲鐵砧山「西靈宮」、南部有台南「開隆宮」七娘媽廟，此外還特別分享一間位於高雄神祕的「仙女壇」，每個景點都由我親自為您導覽解說，僅供仙女迷們參考嘍～

拜仙女要準備的女性用品實例，圖中是新竹五指山七仙女供桌上的供品，原來七仙女也愛郭富城。

北部七仙女廟代表

●五指山 玉皇宮 七仙女亭

——交通方式

地址：新竹縣北埔鄉外坪村8鄰11之2號

◎開車前往：①中山高↓新竹交流道↓122縣道↓竹東↓瑞峰↓瑞穗橋↓產業道路↓五指山

②中山高↓頭份交流道↓124縣道↓珊珠湖↓3號省道↓北埔↓五指山

◎搭車前往：先到新竹，搭往竹東的新竹客運，至竹東，再轉搭往五峰、清泉、花園的新竹客運，至五指山口站。

基本介紹

位在新竹北埔鄉一座雲霧繚繞的針葉林森林五指山中，「玉皇宮」就如同拜拜的綜合百貨，你想拜什麼神明都有：從開天闢地的盤古、女媧氏，天庭高層玉皇大帝、瑤池金母、太上老君，師界前輩孔子先生、灶神老大，到文學角色關雲長與齊天大聖美猴王。這裡還配有健走森林步道、巨龍許願池、彩虹天橋、紀念品美食大街，應有盡有。

至於這邊要介紹的「七仙女亭」，根據熟識的某師姑消息指出，七仙女亭原本只是庭園造景的一部分，但因為參訪信眾的需求，廟方才請來了仙女靈坐鎮。

我第一次去時還搞不清楚要怎麼拜，只是去和七仙女說我要做一個和她們有關的裝置藝術作品，請她們同意。這時聽到一旁帶著年輕女孩的婦女，很凶地遞香給女兒說：「來！妳自己和仙女說妳做了什麼！」她到底做了什麼？我不好意思繼續站在那偷聽。然後我想起多年前去石碇的「姑娘廟」，曾聽到主委和一名迷途少女討論該怎麼處理她意外懷孕的事，難道又是類似的情況嗎？

2016 年我第一次訪新竹七仙女亭，仙女的雲朵遮雨棚都有些青苔，十分有森林仙氣，每尊仙女都有戴假睫毛和超大顆珍珠項鍊。可惜圍繞她們的綠色鐵絲網，形成視覺與物理上的強烈阻隔，也拉遠與信女們親近的可能，不過我真的好想看看她頂上的省電燈泡亮起來的樣子。另外，仙女也是愛美女神的代表，我看過「白痴公主」拍她去拜仙女的影片，提到拜拜時可攜帶自己平常用的保養品，祈求仙女賜妳美麗。

我再看看台座上仙女們的美麗臉龐，咦！她們還真像我在網路上追蹤的那些療癒系女作家，她們的功能是否也一樣呢？

必看重點

除了七仙女亭本身的精緻七尊仙女雕像、亭外的三條巨龍戲水與彩虹橋的澎湃景觀之外，還可以去看我最愛的新竹廟宇繪師廖老師所畫的七仙女，她們就位在玉皇宮主體建築通往二樓凌霄寶殿的通天梯牆上。

廖老師喜歡將仙女畫成身材曼妙的爆乳女子，再搭配高彩度的彩衣配色，十分吸睛。一旁的題字則因為寫錯字暫時以油漆遮蓋，但一直都沒有補上，廖老師說這是因為他做畫時太趕發生的失誤，而且他也沒預料到山上濕氣這麼重，導致畫中有一半的仙女妝容都脫落了，沒想到一個創作上的小瑕疵卻造成觀賞上的極大樂趣，發自內心崇拜！至於另外一側天梯還有身材超辣的女媧補天，也是出自廖老師之手。

2018 年我和「孖空間」合作辦了一檔展，順便一起規劃了一次《仙女進香團》，一起去拜訪了廖老師，他本人是個害羞的大叔，他很自豪地談論他畫的仙女，旁邊的朋友說他畫的仙女五官臉蛋都有點像我，這可能是我此生聽過最光榮的稱讚。照片中可以明顯看出有三位仙女的鼻影和眼妝都不見了，而近拍的仙女妝容也是浮浮的，似乎也岌岌可危。

天梯另一側繪有拯救世界的身材火辣薄紗女媧，她長得很像我姑姑年輕時的樣子。

中部七仙女廟代表

●大甲 鐵砧山 西靈宮

——交通方式

地址：台中市大甲區成功路251巷37號

◎開車前往：導航設定台中大甲鐵砧山風景區，山上風景宜人，適合全家大小出遊。

◎搭車前往：火車坐到大甲車站，轉搭計程車前往，車資約300～400元。

基本介紹

位在台中大甲鐵砧山風景區，「西靈宮」座落在一條荒廢的商店街街尾，不過幸好有仙女廟的經營，稍稍替這個地方帶來一些人潮。宮廟主持人妙慧師姑性情溫和，言談舉止能帶給人一種安穩平靜的力量，至今我們依舊保持聯繫，我也給她看過我的仙女創作。

師姑的助理莊先生指出，仙女人生三個階段中各有不同職掌，從少女時期的七仙女、嫁人後的七星娘娘，到當媽之後的七娘媽，也是專門照顧婦女和幼兒的母神。至於西靈宮主要供奉的則是七仙女中的三仙女織女，她也是玉皇大帝唯一的女兒（仙女的傳說真多版本）。

莊先生也說，其他仙女原本都是三仙女的侍女，因為玉帝看她們感情好才都收為女兒，她們也全都下來人間找凡人戀愛，例如大仙女就是跟凡男董永結婚的仙女。這裡頭唯獨掌管感情的七仙女瑤光沒有嫁，她為什麼沒有嫁？其他仙女和誰戀愛？莊先生用一種很深沉的笑回應我說這個故事很長很長。後來我找了很多資料真的都沒有其他仙女的故事，這可能又變成我人生中的另一個懸案。

西靈宮主要服務內容：協助週歲嬰兒認七娘乾媽「作契」業務、提供七星轉運收驚、仙女健身操教學（彩帶舞）、基本配備／點元辰燈（光明燈）、求姻緣、求生活安定力量。另外還有每年辦理「國際七仙女文化節」和兒童的「做16歲」成年禮，他們也有自己的女子球隊，是非常熱衷公益慈善活動的組織。

必看重點

走到西靈宮入口處的「仙女情人橋」，會率先看到一座「七娘媽」哺乳的立體浮雕，進到廟內就會看見主神壇內的七尊仙女像，這個出自福建神手的雕刻，栩栩如生，非常值得一看。你可以從仙女們的職掌，以及手持的法器來研判她們的個性。第七仙女手持一串紅線，吶喊的表情與肢體動感，顯示她似乎準備起跑去追愛。大仙女的紅色袖子過長，我們無法判斷她拿的是什麼法器，但可能就是要示範一場彩帶舞。廟宇門口還種植兩棵從中國高價購來的槐樹，重現大仙女和董永相遇的場景，不過其中一棵看起來有點水土不服。

神壇上七仙女擺放位置的背景是藍天，
午後陽光灑進很像是天庭的訊息，
我覺得非常美。

休息室中有一幅手掌與七仙女的圖，一旁配有紅色圓桌，仙女們可能正在此圍坐聊天。

情人橋上的仙女哺乳浮雕。

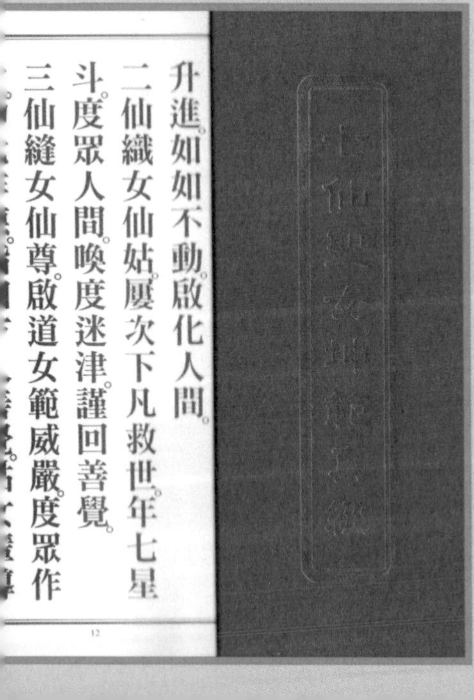
升進。如如不動。啟化人間。
二仙織女仙姑。屢次下凡救世。年七星
斗。度眾人間。喚度迷津。謹回善覺。
三仙縫女仙尊。啟道女範威嚴。度眾作

12

西靈宮全球獨家發行的《七仙聖女坤範真經》，想當好仙女都應該要認真研讀。

回去後妙慧師姑以七仙女的名義打給我，看到有點驚嚇，以為真的接到七仙女從天庭打來的電話。

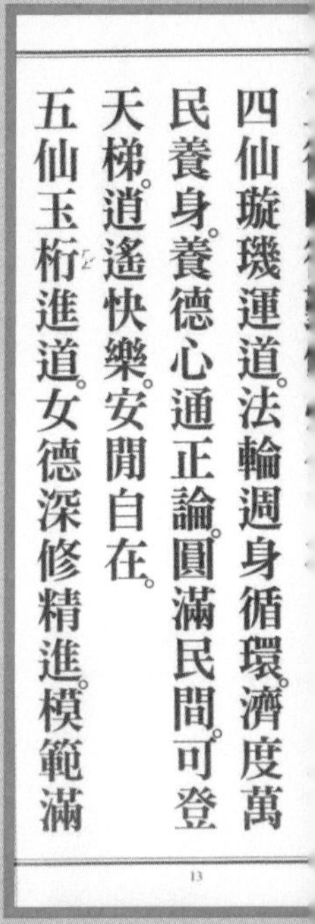

四仙璇璣運道。法輪週身循環。濟度萬
民養身。養德心通正論。圓滿民間。可登
天梯。道遙快樂。安閒自在。
五仙玉桁進道。女德深修精進。模範滿

13

南部七仙女廟代表

●台南 開隆宮 七娘媽廟

交通方式

地址：台南市中西區中山路79巷56號
交通：可直接從台南火車站散步前往。

基本介紹

「開隆宮」是我每次在台南散步時一定會經過的地方，創立於1732年，這裡有全台歷史最悠久的「七娘媽廟」，專門替台南兒童做16歲儀式出名，除了照顧小孩成長，也能保佑信眾姻緣桃花順利。

開隆宮還供奉保佑產婦平安的臨水夫人，也有灶君、雷公、電母、風伯、雨師駐點協同辦公，以及少見的陰神花公花婆神，保佑你的生殖健康和陰間花叢生長，另外還有十分可愛的花樹園丁鋤童箕童。

必看重點

開隆宮年代久遠，造訪時可以細細品味這裡精緻的壁畫和雕刻藝術，廟門口的小廣場還有一面龍飾造牆，下方放了一隻玻璃纖維水牛，可以與水牛互動合影。隔壁的甘單咖啡也很舒服，很適合在小廣場前喝杯咖啡，靜靜消磨一下午。

廟前小廣場上有隻善心聰明的水牛，也是七夕儀式慶典的重要角色，慶典當天會另外設置牛郎和織女的電動花燈，整體非常華麗可愛，來訪當然要和水牛拍張照留影。

全台最老牌的七娘媽和後方七仙女神像的造型莊嚴，前方雷公雷母神像反而比較活潑。

開隆宮美麗的迎賓門侍女。

七仙女家的燈具造型有早期科幻片的風格。

高雄神祕仙姑壇

●七仙宮 六仙宮 朱仙宮

交通方式

地址：高雄市鳳山區某處

預約制：請撥打仙姑手機 0988-120-965、0931-887-938

基本介紹

這間神祕小廟是我在 Google 搜尋「高雄七仙女」跳出來的第一位，我被她神壇強烈的擺設風格吸引，她的仙女神像還手持一隻可愛的掀蓋手機，牆上貼有仙女熱線，表示她隨 CALL 隨到，以下為仙姑的官方業務介紹：

「以水面鏡看前世因果
事業失敗／夫妻失和／男女感情分手
別家看無效
請速來以符咒法
可挽回所失去的一切
收驚一次ok」

到底是什麼法術可以挽回失去的一切？我必須去了解一下，於是搜尋了網路上的地址資訊，但對比Google地圖發現已經不存在，在強大好奇心驅使，我撥了仙姑的手機號碼。仙姑似乎不會講國話，我只能用很破的台語溝通，好在我男友的台語很好，在我們到高雄時成功問到仙姑的位置，真的有夠偏僻。

我和仙姑說明來歷，她從神桌上仙女神像旁拿出一罐泡滿中藥材的酒，再端出多力多滋玉米片和我聊起她的業務，後來我們都喝醉。仙姑先跟我要了八字，用篤定的語氣說我就是第三仙女轉世，才會喜歡畫圖和出去遊山玩水，非常有天賦，問我要不要直接考慮當她的學徒做仙姑？她說會將所有她知道的法術傳授給我，以後就能幫人祭改、通靈、米卦，直接賺錢開廟，我竟然還真的有點心動，這算是女巫繼承者嗎？

必看重點

仙姑雖然不識字，但她卻有極高的繪畫天分，壇裡的仙女圖和牆面裝飾都是她的作品，我一直稱讚她的色感很大膽，如果這位仙姑出生在別的時空背景，她會從事創作相關工作嗎？仙女壇裡的台座上還擺放著尺寸一致的深色陶甕，密封的方式很像女兒紅，陶甕上貼著一對男女紙人，還有照片、姓名，我問仙姑那是什麼？她說那是為情所困的人來給她做法，裡面可放有能檢驗客戶DNA的頭髮、指甲等貼身物品，我腦中浮現的影像卻是港片裡的回魂法術，裡面是裝著多少人間怨呀？

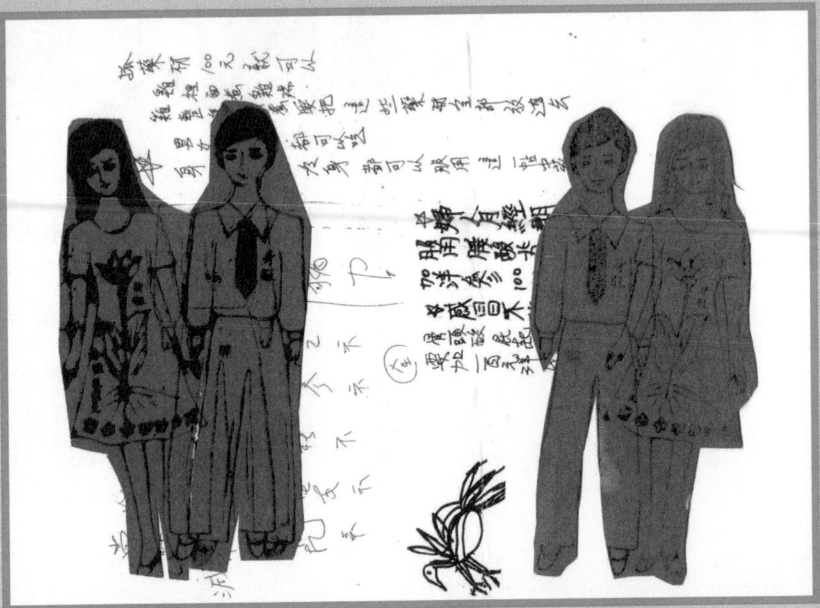

我和仙姑要的她所畫的小紙人，上方的黑字是她寫給我的養身藥酒作法。

仙姑將紙人貼在為情所困的材料罐上，就這麼擺在仙姑壇的架上，我喜歡她牆上漆的顏色。

仙姑坐在休閒涼椅談論她的經營原則，從空間可看出仙姑獨特的美學，牆上裝飾的是仙姑的仙女主題畫作，能在這個神祕小地方遇到同好真的很奇妙。

其他設有七仙女的廟宇

這邊補充台中西靈宮師姑送我一本「七娘媽成果報告書」[1]，裡面有介紹台灣其他地區的仙女廟，一併整理在這，幫助讀者查看住家附近有沒有七仙女可拜訪，不過似乎都是些偏僻的地方呢～

① 淡水娘媽宮——新北市淡水區淡金路一段20號
② 汐止輝鳳宮——新北市汐止區八連路一段311巷15弄1號
③ 雲林縣水林鄉後寮埔七星宮——雲林縣水林鄉後寮村後埔29號
④ 雲林縣濟安宮——雲林縣斗六市竹頭路11號
⑤ 屏東縣七超寺——屏東縣恆春鎮山海里萬里路1號
⑥ 台東大武南興七娘宮——台東縣大武鄉南興村達興6鄰89號
⑦ 花蓮順安七娘宮——花蓮縣新城鄉順安村129號

1 中華七仙女道元發展協會，2013，《大甲鐵砧山 西靈宮 七娘媽與周緣地區人文歷史調查收錄計劃》。

附錄貳

~仙女光明燈~

七仙女的延伸創作

★☆★☆★

我以七仙女為靈感創作了下列七幅轉轉燈畫作，
將她們的功能（職掌、法力）調整成適合現代女性參考的人設：
機智、廚藝、形象、旅遊、事業、健康、婚姻，
模樣則參考我追隨過的各個網路意見領袖，
最後我再將畫作製作成《七仙女光明燈》，
光明燈的造型是從一台我在淘寶買的「佛經機」構造延伸而來。

《 **一號仙女 巧雲** 》 紙本、鉛筆、廣告顏料、影像合成，2016

專職風調雨順之常備緊急照明燈。看她手持指引西方極樂世界之照明燈，但因這是舊款，電力只能維持 12 小時，沒電時可能會迷路。

《二號仙女 巧虹》紙本、鉛筆、廣告顏料、影像合成，2016

專職廚藝精湛之幸福料理的祕密。造型取樣自知名兩性作家女王，看看她今天做的料理，有魚頭冷盤、醜凱蒂貓蛋糕，和害白雪公主中毒的蘋果。

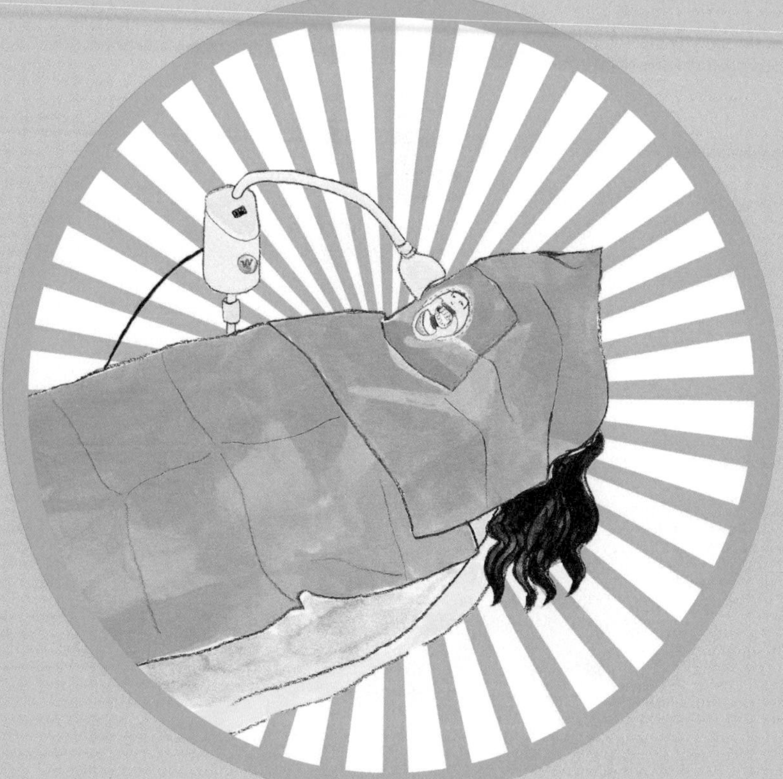

《三號仙女 巧芝》紙本、鉛筆、廣告顏料、影像合成，2016

專職形象維持之牙齒冷光美白術。我沒做過，但看網美朋友去體驗的照片，那打在牙齒上的冷白光讓我聯想到教堂裡的聖光。

《 四號仙女 巧仙 》 紙本、鉛筆、廣告顏料、影像合成，2016

專職環遊世界之空姐飛上天。我和當時一個還是見習刺青師的學姊交換作品，她幫我刺檯燈刺青，我把她的容貌換成仙女。

《五號仙女 巧蘭》紙本、鉛筆、廣告顏料、影像合成，2016

專職生意興隆之藍鑽經理表揚。直銷表揚活動上，讓妳有機會穿上華服走紅毯，感受眾星拱月，圖中的她剛剛獲得影后殊榮。

《六號仙女 巧梅》紙本、鉛筆、廣告顏料、影像合成，2016

專職身體健康之參加路跑憂鬱出走。當年歐陽女士真的像是台灣社會的觀音媽，跑步的同時，連厄運都一齊拋下。

《 七號仙女 巧靈 》 紙本、鉛筆、廣告顏料、影像合成，2016

專職感情圓滿之婚姻的真相。我很愛逛待嫁新娘試穿婚紗的部落格，看她們頂著眼鏡素顏和一頭鯊魚夾亂髮，再對比她們結婚當天豔麗的模樣，化妝前後的差異，除了驚呼世事難料，也替她們未來的性生活感到憂心。

兩片透明片疊合後，後片轉動示意圖。

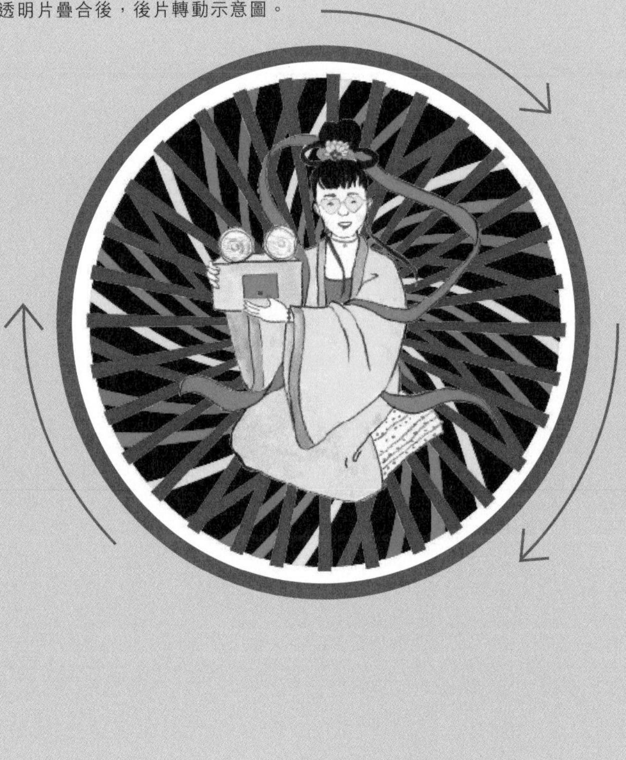

《 **七仙女光明燈** 》 時鐘、馬達、LED 燈、燈片，2016

光明燈於「台南新藝」展出的情形，作品透過「視覺暫留」的原理，製造出特殊視覺效果。我將兩片彩色燈片重疊在一起，下面那片印有色塊的燈片則安裝上馬達，當色塊旋轉時，仙女的背景會出現迷幻的視覺效果，當觀眾凝視仙女時也能直接感受到仙女的法力。

附錄參

~仙女桃花改運法~

不保證一定嫁得出去

★☆★☆★

姻緣桃花也是仙女的法職掌之一，這是我在２０１７感情與工作最迷惘時，和大學學長一起在「狄達寓見藝術空間」合辦的《真愛之吻》雙個展，搭配七夕話題，展覽順勢辦了一場講座，不聊藝術，只聊如何化解單身招桃花改運。

「這一個認真檢討人生問題的工作坊，目標是幫助你改善你的桃花磁場，如果你目前單身，內心渴望找到另外一半歡迎來報名，這不是聯誼，不保證一定嫁得出去，但我相信一點改運技巧，可以讓你稍微不厭世一點。」

以上是看起來很沒用的講座文案，當初為了這個小講座，我花了很多時間靜心研讀好幾本桃花改運書籍，將我認為的重點記下來，再經過改編和曲解，並繪製了多幅小插畫集結在此。我也親自實踐過一些生活原則，運氣好像真的有變好，心情也變得輕鬆很多。說白了改運這件事，只是給自己一個機會，去重新面對你習慣性逃避的人生問題，好好做人、積極活過每一天才是最難的。

該女剛做完眼睛、鼻子與下巴整形手術，她正在等待運氣好轉。

開運大綱

● 一、你的單身症狀分析

⇓症狀一：空虛忙碌覺得悶
⇓症狀二：千錯萬錯都是別人的錯
⇓症狀三：迷信宇宙超自然玄術
⇓症狀四：不問俗世古墓深居派
⇓症狀五：高冷一枝花
⇓症狀六：我不願再次受傷

● 二、爛桃花吸收器

⇓你有容易為情所困的長相嗎？
⇓你有好桃花或爛桃花的面相？
⇓手掌心洩露了什麼桃花訊息？
⇓看看帶來壞消息的痣有哪些？

● 三、居家風水大改造

⇓爛桃花都是居家風水害的？
⇓不能不知道的臥房改運重點

● 四、約會實戰技巧

⇓初次約會的穿搭要點
⇓約會の天時
⇓約會の地利
⇓約會の人和

一、你的單身症狀分析

症狀一
空虛忙碌覺得悶

行為判斷

① 因懼怕被白天繁忙的工作消耗，下班後將自己排滿滿的行程，例如學外語、看影展、上健身房。表面上忙得心靈充實，真相是讓自己精疲力竭。

② 有時晚上睡不著，除了太過無聊就來看 YouTuber 美妝教學影片，敷臉、幫膝蓋去角質、拔粉刺、整理指甲油色號，或化個仿妝自拍上傳到 IG 刷存在感。

③ 其實不用加班也故意在公司滯留，因為回家也是空無一人。

④ 週末休假幾乎都待在家裡沙發床上追劇，可以懶到叫食物外送會勾選需附上餐具，除非緊急召喚，絕不出門。

⑤ 沒事逛淘寶，購物車積了一堆商品。當快遞送來時，打開也想不起來自己當初怎麼會選這款花色買。Po 了則試穿文，於是又塞進衣櫃，再次循環。

⑥ 社群網站發文表現：會轉發一些心理正向文章，放上一個人吃飯的食物自拍照，或是自己搭捷運的鞋子照。

症狀分析

這類行為在單身者身上十分常見，因為內心害怕寂寞，想轉移注意力，於是聽從大部分兩性專家的建議用心用力愛自己，卻過度積極導致反效果，特別在夜間與週末最為嚴重，但還不至於拖垮人生。她們總會以很忙沒有時間搞兒女私情當藉口，但重新培養社交習慣仍有其必要性，一個生活無趣、情感枯竭的人朋友一定不多，理所當然會持續單身。

症狀二
千錯萬錯都是別人的錯

行　為　判　斷

① 伶牙俐齒，習慣性抱怨生活，認為這世界老愛找聰明的自己麻煩，每件事都想評論，超商店員動作慢也罵，事後又後悔當眾失控。
② 多次嘗試使用交友軟體，也去見了幾次親友介紹的約會對象都失敗，內心挑三揀四的同時，還會想些招數來測試對方反應。
③ 對所有身邊的異性小心謹慎，從路邊搭訕問路的叔叔、按她門鈴的快遞員，或可能會進她家裝網路的男子，她都儘量避免接觸，擔心他們隨時會對自己起色心，後果會不堪設想。
④ 過年團聚時，家人雖沒人問她何時結婚，但內心卻希望他們關心，但真的問到有沒有男朋友又會踩到痛處，引發一場無謂的爭論。
⑤ 社群網站發文習慣：時常張貼情緒性強烈的字眼，照片裡多是自己的獨照，少有朋友合照。對於危害到個人利益之事，一定會和酸民爭辯到底。

症　狀　分　析

覺得這世界繞著自己轉，認為自己是獨一無二的存在，凡事只要不合他意一定會大肆批評，雖逞了一時快活，但歇斯底里的表現也同時嚇壞旁人。如果不及早將自己的刺收起，不但壞了自己的桃花運，除了注定孤單，隨著年紀增長，還有變成路邊恐怖叫囂大媽的風險。歇斯底里在精神疾病表現上，起因研判和女性性慾無法被滿足有關，經營一段健康的感情與性生活對於穩定情緒有很大幫助。詳細研究可參閱《危險療程：心理學大師榮格、佛洛伊德，與她的故事》。

症狀三
迷信宇宙超自然玄術

行　為　判　斷

① 對各類命理方面的知識特別關注，例如星座配對、塔羅牌、紫微斗數、人類圖等，每過新的一年必會買唐綺陽的書認真研讀，特別留意水星逆行的日期，也熱愛網路做心理測驗，樂於接受命理老師的提點，甚至購買魔法商品。
② 非常關注明星八卦動態、緋聞發展，也是眾多網紅的忠實粉絲，購物選擇特別容易受到明星代言蠱惑。
③ 經常活在幻想裡，每日都在準備所有由宇宙安排的相遇，如果連去街角買杯咖啡就認識未來老公那該有多好。
④ 多話到經常自言自語，比如夢見暗戀的男生按自己讚，睡醒檢查發現是虛驚一場，或是和仙人掌訴說心事，滑手機時也在碎念。
⑤ 社群網站發文習慣：星座個性分析文，線上心理測驗結果，判斷渣男的方法，各種生活瑣事自言自語，有時會再留言區回文與自己對話。

症　狀　分　析

這類單身者外形都不差，卻沉迷八卦與幻想，她也是妄想女子們聊天群組成員之一，她們會在各種聚會時刻品評身邊的男子，最後結論都是還是單身最好，閨蜜才是真的。在此建議這類人先安靜下來，仔細看看周圍那些對妳好的人，也許良緣就在其中。

※ 附註：星座真的有一定參考價值，但勿過度沉迷，必須要意識到每個人都是多重面向的複雜個體，最好能取得對方生辰時間，準確度也會相對提高。但回過頭來說，知道對方命盤再多，對方仍然對妳的示好興趣缺缺，這些資訊也是無用的。

症狀四
不問俗世古墓深居派

行為判斷

① 母胎單身，覺得戀愛十分遙不可及，習慣讓自己處境與戀愛絕緣。
② 外形散發脫俗仙氣，卻給人距離感，也不常有激烈情緒反應，本人其實很好相處，只是花在個人小劇場時間較多。
③ 不太能跟上時下最新流行話題，一直想回 60 年代。
④ 這類人通常十分有創作才華，身邊同溫層的人也都是從事各類藝術創作，討厭開口閉口都聊錢的俗氣人。
⑤ 很知道怎麼寵愛自己，食物要選有機進口，使用保養品敷臉時都會注意要用非動物實驗的產品。每週固定去瑜伽教室報到，崇尚靈性探索活動，冬天時還會自製泡藥草浴。
⑥ 社群網站發文習慣：轉貼靈性大師開示文章、自己與瀑布山林溝通的美照、手作創意產品，或是直接停用。

症狀分析

此類單身者被賦予「老仙女」美名，在人口中雖比例不高，但在同溫層很容易累積，她們通常受過高等教育、從小家教甚嚴，所處環境過於純淨，便是「成仙」危險溫床。隨著時間堆積，她們越來越成為不食人間煙火老仙女，甚至變成跨國戀情詐騙的目標。最直接改善方法就是多出門，吸收俗世精華。

※ 附註：「古墓派」說法源自金庸《神雕俠侶》，原是小龍女與世隔絕的修煉派別，但「古墓派」在當代中國網路鄉民用語裡，是帶有負面調侃某人與世隔絕、不諳世事之意。

症狀五
高冷一枝花

行　為　判　斷

① 非常清楚自己的擇偶對象條件，想要高顏質，帶出去可滿足的虛榮，可是又怕他會處處留情；也會想找個名下財產有捷運共構宅，和高級轎車的好野人，但又怕自己被說是拜金女，而且對方可能只是貪圖自己美色。如果找個各方面條件和收入都一般的普通人，又深信自己值得更好，於是持續陷入自我矛盾情緒中，結論是還是好好愛自己最實際。

② 是絕對完美主義者，喜愛將房屋打掃一塵不染，自認條件不錯、工作能力也不差，為何總是沒人愛？

③ 完全工作狂，導致週末常常都繼續加班。跟著週年慶促銷，買的保養品越來越高級，以療癒自己的辛勞。隨著科技進步發展，也越來越依賴各式的美肌濾鏡相機，美化自己也講求效率。

④ 在櫃面上，不避諱談論自己單身多年的自由快樂，回家時聽陳昇唱〈不再讓你孤單〉時還是不爭氣地留下淚水。

⑤ 社群網站發文習慣：分享各式網美打卡點資訊、購物的戰利品，或深夜的紅酒自拍照。

症　狀　分　析

這類單身者都有姿態過高的問題，無論條件有多好，可能都會讓台灣普男覺得有壓力，最後跳過她選擇好駕馭的普妹。所以要提醒大家，接受完美不存在，這世上沒有絕對百分之百合適的人。還有就是心態的問題，除了要放軟身段，也可試著放眼國際，CCR 何嘗不是另外一個可能？

症狀六
我不願再次受傷

行　為　判　斷

① 對於去接觸不認識的人興趣缺缺，冷凍社交活動，覺得不用浪費時間在無謂的人身上，一個人也很好。十分投入在飼養家畜（貓、狗、兔子、鳥），寵物都有自己的專屬衣櫃和安全座椅。

② 會有和男同志密友結婚，給彼此家人有個交代的計劃，只是沒想到婚姻平權通過，密友跑去和愛人登記結婚，又只剩下她獨自一人。

③ 認為談感情很累，自認看透愛情，不願再經歷一次心痛，結婚也只是在走向墳墓，何必呢？

④ 社群網站發文習慣：轉貼可愛動物搞笑影片，或大量自己毛小孩照片，即便毛孩長相普通，或是一段看破紅塵搭配風景照的詩句。

症　狀　分　析

這類單身者習慣被動，因為過去的失敗戀情經驗，對經驗一段新的感情失去動力，對自己也沒有太大自信。她們通常人緣好，心思纖細有如無害小白兔，卻不習慣主動出擊，導致容易錯過良緣。此時必須調整心態，重新找到生活的熱情，想要重新相信愛情並不難。

小結：以上單身症狀分析，在一個人身上可能不會只有單一症狀符合，一個人有可能同時擁有三種以上互相影響，但每個人都有自己的人生選擇，只有真的看清自己想要什麼，並積極行動，就不會將自己的單身問題視為負能量來源。

二、爛桃花吸收器

你有容易為情所困的長相嗎？

我就是你們說的為情所困長相？

① **外相孤寒**：天生太白，皮膚血色不足，俗稱「類黛玉」。

② **眼大而神滯**：大眼雖然是人見人愛的基本配備，但如果占臉部比例過大，容易鑽牛角尖，痴心絕對。

③ **鼻勢太弱**：同時配有塌而小的鼻子。如果鼻孔太外露，鼻上掌管婚姻的「夫星」會柔弱，難嫁。

④ **人中太短**：笑起來容易漏全齒，長輩會說不夠莊重。如果下巴又尖就真沒救，看看那些修圖過度的蒼白網美。

⑤ **眉眼下垂**：桃花運就是會多，導致選擇障礙，心煩意亂。看看民初紅顏薄命的女星阮玲玉的眼睛就是經典案例。

你有好桃花或爛桃花的面相？

當所有好桃花特徵都長在一個人臉上時。

當所有爛桃花的特徵都長在一個人臉上時。

眉毛 √ **眉毛濃淡適中**

完整眉形看起來比較有精神，也能帶來好人氣。

× **稀疏斷斷續續的眉毛**

個性強勢且自我中心，感情容易不順。

× **眉尾下垂**

可能缺乏自我主張，容易受他人意見左右，導致關係緊張。

☺ **改善方法：修眉、化妝術，或以最新霧眉技術來改善。**

眼睛 √ **超電桃花眼原理**

上眼瞼半圓與雙眼皮明顯，內眼角尖內陷，微上翹眼尾搭配小臥蠶，感情豐富，但要小心多人糾纏的情形。

× **眼白面積過大**

占有慾強，容易記仇。

☺ **改善方法：透過瞳孔放大隱形眼鏡，還有找出適合自己眼形的化妝技巧，當然眼周皮膚也需保養，換一副眼鏡也有幫助。**

鼻子 √ **鼻相筆直豐隆**

鼻子＝財運，好鼻筆直而挺、山根明顯、鼻翼飽滿，除了福氣，桃花運也一起來。而鼻子也能預測你的婚姻狀況。

× **鼻根低陷，鼻梁又短又扁**

可能伴隨自卑感，命理上說女子的夫星在鼻上，感情上容易變苦情小媳婦，受控於他人。

☺ **改善方法：一勞永逸就是去做鼻子美容手術，怕痛沒預算可靠化妝術和眼鏡來修飾。**

印堂 √ **印堂飽滿寬大**

兩道眉毛中間位置為「印堂」或「命宮」，如印堂寬度可放 2.5 根手指，是為富貴事業有成之相，未來不用愁。

× **印堂狹小**

個性多孤僻不愛交際，鑽牛角尖沒安全感，容易變成恐怖情人。

☺ **改善方法：可將印堂的雜毛清理乾淨。**

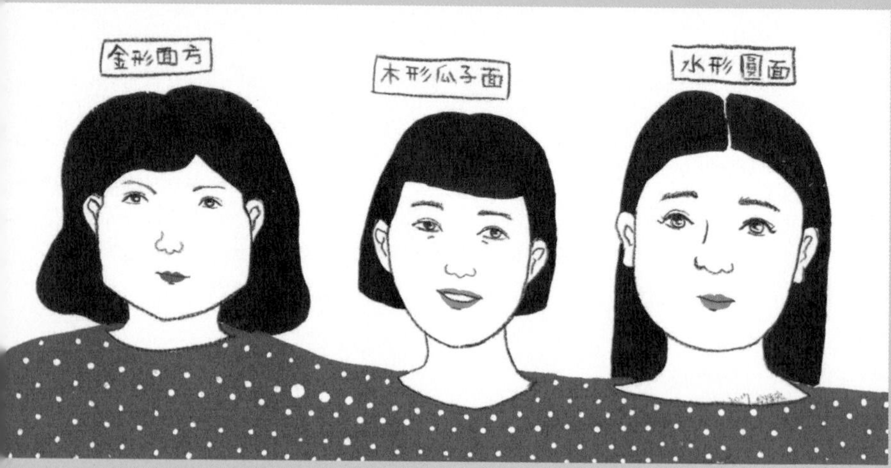

我分別參考我的國中理化老師、曖昧對象的漂亮前女友、高中就訂婚的圓臉同學，畫了「旺夫桃花女子」的三種面相，看起來頗符合上述的各項原則。

耳朵 √ **一雙好的耳朵**

耳垂厚大是福氣，財運和桃花運都好，並且擁有寬容之心，有人緣必有福蔭，看看彌勒佛的耳垂就知道。如果另外一半有這耳垂，不要放走他。

× **耳朵生得小又是招風耳**

此耳人多才多藝，但也比較自私叛逆，感情上可能不太順遂。

☺ **改善方法：可透過髮型或耳環去做修飾。**

下巴 √ **下巴圓圓滿滿**

女子大多性情溫和、善解人意，在談感情上也很有智慧，完全是好媳婦面相，絕對有幫夫運，晚年也會過得很幸福。

× **尖下巴瓜子臉**

瓜子臉雖是許多美女的標準配備，但如果過尖就會導致陰氣不足、後運欠佳，感情生活與晚年日子都難過，奉勸時下愛美少女不要被現在流行的網紅臉給迷惑了。

☺ **改善方法：最直接就整形，但也可靠髮型和化妝修容來改善。**

嘴唇

√ **嘴唇紅潤豐滿**

唇形嘴型稜角分明、顏色紅潤、厚薄適中、牙齒整齊，真討喜。小嘴的人，做事謹慎，情感方面保守；大嘴的人，做事有魄力，感情方面熱情開放。

× **嘴唇不均勻嘴歪**

薄情個性，容易失言，相處時造成衝突不斷。

☺ **改善方法：養成塗潤色唇膏的習慣，預算寬裕可以戴牙套。**

小結：以上粗略介紹了的各種好壞桃花面相，會發現擁有好桃花面相的特質和人體健康狀態息息相關。個性也許無法完全準確，但從現在起開始認真過健康生活真的好處多多。而有些是五官遺傳的特質無法修正也不需怪父母，或是急著去整形，不如加強其他具備的內外優點讓自己變得更好，相信人人都有機會感受到桃花運的威力。

手掌心洩露了什麼桃花訊息？

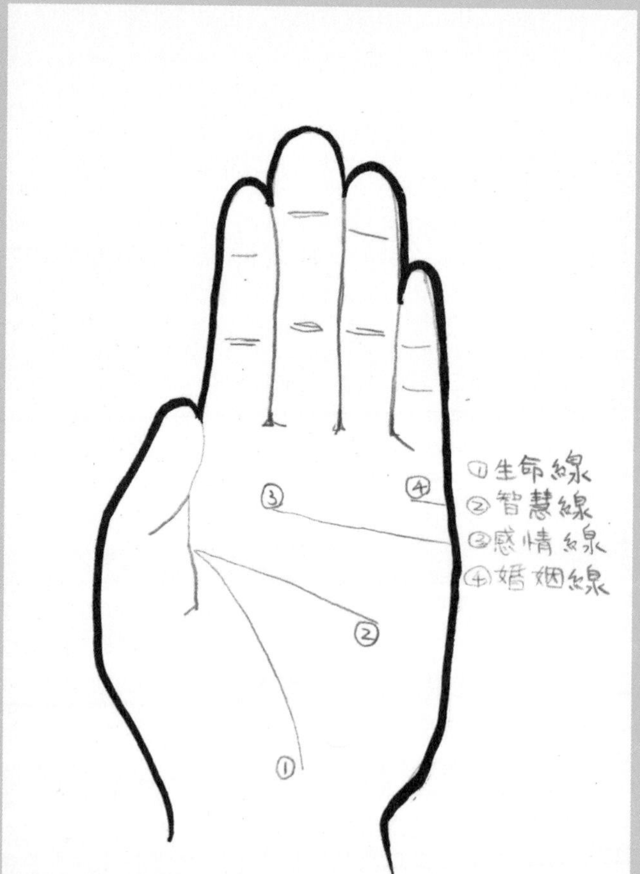

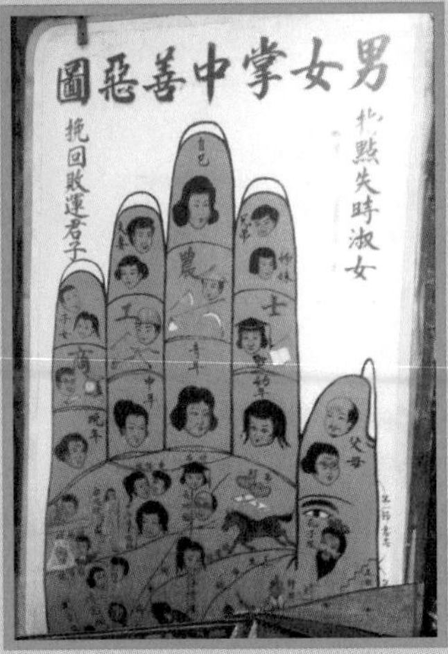

★生命線

大拇指與食指之間的虎口部位的弧形線條，從其形狀可以大致判斷手主人一生的狀態。從開頭到結束位置、線條運行方式都有不同解釋，但線條長短不能完全解釋會活到幾歲。

★智慧線

智慧線代表一個人的腦力與心智發展，若是清晰深刻，手主人必是難得一見的人才。

★感情線

感情線又名愛情線、心線，位於智慧線上方，是從小指橫向食指的一條橫紋，每個人所擁有的數量不一。可觀察線條走向、數量與深淺，來判斷與他人關係的走向。感情線表示情感強弱，可曲折離奇也可單純一生一世，除了愛情之外，也包含親情友情，以及各種七情六慾。

★婚姻線

傳統上名為「家風紋」，位於感情線上方，小指跟部與手掌邊緣橫向延伸的一條線。看的時候請將手握起來，它的數量代表此生會經歷多少段感情或婚姻。如果每段都很深，那便是刻骨銘心；如果線條有不完整，婚姻路上也不會太順遂。

※ 備註：這部分學成後，可用在未來與曖昧對象第一次見面時，當成藉口光明正大地觸碰對方小手。

看看帶來壞消息的痣有哪些？

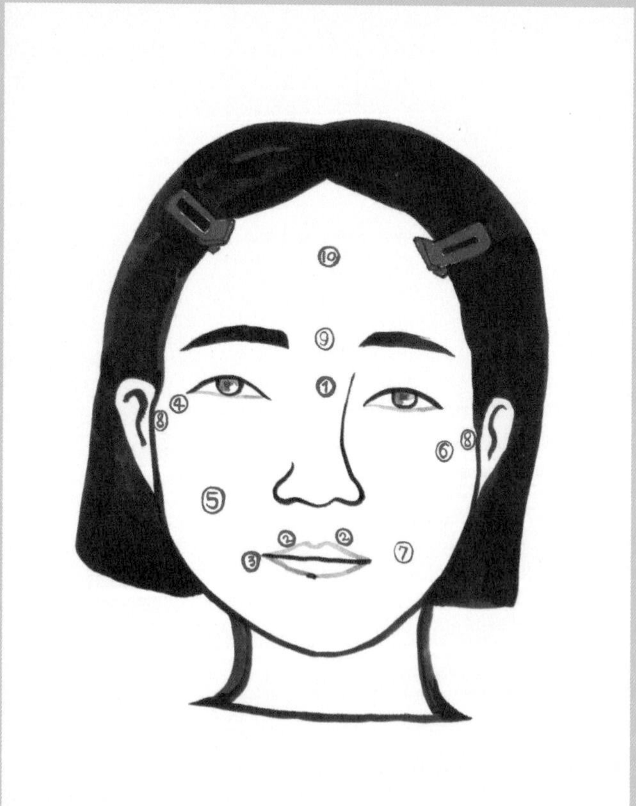

爛桃花都是因為妳的痣壞（但好像也沒那麼壞）？

●惡痣分析

① **鼻梁上的痣**

代表性慾較強，如果無法從伴侶得到滿足，擁有眾多炮友也是剛剛好。

② **嘴唇上方的黑痣**

看起來暗淡形狀詭異，可能有拜金傾向，善於交際與物質享受。

③ **嘴角附近的灰暗色黑痣**

話多，喜到處打聽八卦，人群祕密的廣播站。口無遮攔常傷人。

④ **眼尾的痣**

濫情警示，可能是小三出現的警訊，或是用情不專一。

⑤ **左臉頰下方的黑痣**

眼裡只有事業企圖心，為達目的不擇手段。

⑥ **右顴骨下的痣**

代表道德感較弱，將「他有男/女友不是問題，搶過來就好」這句話奉為圭臬，十分自私。

⑦ **關鍵桃花痣**

右邊笑窩如果有顆黑痣，這種人不論美醜，異性緣一定不差，容易有桃花劫，請控制自己的濫情開關，保障全民安全。

⑧ **命門痣**

命門位置在耳道前有一塊突起的小軟骨位置，在小軟骨前的側面頰約一個大拇指的區域。如果這裡長痣，可能是生活行為上不檢點的徵兆，容易惹麻煩，約炮須小心，否則後果難以承擔。

⑨ **雙龍搶珠**

雙眉中間的印堂出現痣，極容易陷入三角關係，搞得自己精疲力竭，請理性面對。

⑩ **前額正中央的痣**

如果尺寸比綠豆還大就不是好痣，這類人個性強烈衝動，命運起伏很大。結婚後也是控制狂，婆媳問題多，處處得罪人。

●三、居家風水大改造

爛桃花都是居家風水害的？

首先先去觀察一下你居住周圍環境：

① 屋外環境雜亂，例如捷運穿過、電線、招牌，汽機車聲等大量干擾思緒的噪音，都容易氣流混亂，造成小三出現，或是你自己就是小三。

② 東南桃花位有臭水溝或垃圾場，所有靠近你的都是爛桃花。住在十字路口也容易迷惘，對自己沒信心，容易有選擇障礙，對感情無法專一。

③ 住太高，宛如高塔上的公主，窗景一望無際與世無爭，就算放下頭髮也等不到王子來爬，陽宅理解上就是「孤」，不改善就一輩子跳孤單芭蕾。

④ 門口養太多張狂的大花植物、擺放塑膠 LED 假花樹，或堆積垃圾和舊腳踏車都會帶來爛桃花。

⑤ 看新房時應注意門口不要與電梯對開，最好也不要選設於東南方的電梯，容易造成劈腿情形。

⑥ 屋內光線太旺盛，會有光煞，特別要留意來自東南方的強光會害你留不住情人。相對如果日照不足，則會聚陰，不知不覺家裡也多了一些看不見的室友。

⑦ 堆滿雜物凌亂的客廳，該檢討是否有放置太多不實用的塑膠物品、絨毛娃娃、尖銳刀劍、動物標本，如果再搭配昏暗的燈光更是不利於正桃花。

⑧ 餐桌上是否堆滿雜物？那可能是目前人生缺乏熱情的證據，如果上面還有一層灰，所有剛萌芽的戀情都難以被身邊的人祝福。

⑨ 廚房一定要整潔，廚房的狀態等於你的金錢運，是財庫。當財庫有破口，更別想好桃花。

⑩ 禁止在浴室曬內衣褲，或擺放待洗的衣服，髒亂的浴室對身體代謝有害，不健康絕對會影響桃花。

集結所有爛風水於一身的居家環境風水示意圖，歡迎有空來玩 ^^。

不能不知道的臥房改運重點

① 招桃花時期要避免在房間窗台養仙人掌，尖刺會在無形之中阻隔你與良緣相遇的機會。
② 別讓外人睡你的床，如果你是個異性戀者，避免太常與同性親密友人睡同張床，破壞彼此磁場。但情慾是流動的，發生什麼事也很難說。
③ 金屬家具固然時髦，但給人冰冷的氣息，改選擇象徵生長的木頭材質，可溫化人際關係。
④ 照不到陽光的房間會產生孤單可憐感，除了對身體不好外，也很難認識好對象。
⑤ 床不要放離窗戶太近，除了影響睡眠，強光也會造成外遇。
⑥ 雖然特殊造型的鏡子用起來很爽，但要小心這可能會加強自戀的效果，也是不利於桃花運。
⑦ 臥房雜物亂丟，身心靈無法得到充分休息，髒髒舊舊泛黃的床單也會擋桃花；床底也不要藏太多雜物。

過亮的臥房或無窗的黑暗臥房，床下都住著地基祖。

四、約會實戰技巧

初次約會的穿搭要點

♂ 男

雖然說長得帥穿什麼都好看，但再帥的人只要蓬頭垢面都會讓人退避三舍，看看這兩位你會比較願意和誰出去約會？

♀ 女

左邊為 NG 約會穿搭，雙馬尾加上低胸迷你裙，可能會讓對方倍感侵略。右邊為最受歡迎相親必勝打扮，莊重高雅溫柔婉約，給對方製造出台灣好媳婦的錯覺。

♂男子穿搭

通常女性都會希望男子看起來穩重大方，但也可以根據年齡、個性、場所去做服裝調整。但第一次見面還是打安全牌，畢竟不是所有人口味都這麼重，避免太過前衛服裝，破爛牛仔就收著。千萬別穿拖鞋去，和洗到泛黃的舊T恤，這是基本常識。當然過分認真也會弄巧成拙，還有一身死氣深色也會讓你顯得難以親近，天藍、草綠、海軍藍配卡其色也是不會出錯的選擇，一定要洗澡，頭髮油垢和過重體味一定出局。

♀女子穿搭

女子的範圍就比較廣，選擇也較多，以給人親和力、可愛印象為目標方向打扮，但還是有些基本原則要注意，太花俏、太性感、太星光大道，都是會嚇到人的。命理老師都推薦淺粉紅色系洋裝，有些荷葉邊雪紡襯衫更能增加女人味，化妝也是有心機，但良好的身心狀態才是帶動好氣場好桃花的關鍵。男子也可以藉由女生赴約時穿裙或褲來，以及從她臉上化的妝完整度，有沒有改戴隱形眼鏡，來判斷她對這次見面的重視程度。

約會の天時

① 當你下定決心要談戀愛，所有成功關鍵都在於你，有沒有行動力去改善現狀很重要，如果害怕不敢去，或者希望人家主動來愛你，除非你各方面條件都超好，不然 98% 是不會發生的，所以放下一些無謂堅持，抓住命運給你的緣分吧！

② 多參加不熟朋友的派對，拓展交際圈，如果是以找對象的單身男女派對也不要害怕，就算沒找到另外一半，認識新朋友也無壞處。

③ 製造些心理上的遐想給對方，例如第一次見面，稍微遲到個五分鐘在遠方觀察對方反應，再跑過去給他一個驚喜之類。當然也要培養好的個人情緒觀察力，記得要笑，笑得曖昧，不要笑得跟小丑一樣。

④ 你也可以用以下笑容角度來判讀對方情緒：

口是心非的笑，
可能還要趕場。

正處於笑到呆滯，
可能心不在此。

正處於想用微笑
敷衍你的爛問題。

太過刻意地大笑，
需提防對方在飲料下藥。

發自內心
溫和的微笑。

約會の地利

① 選擇第一次見面的適當地點也很重要，麥當勞或連鎖餐飲店不行，光是背景音樂和吵雜聲就惱人。最好選擇環境清幽之地，燈光美氣氛佳，雙方磁場也會比較穩定，更能認真聊天。

② 最好選在交通便利之地，以防對方迷路錯怪，碰面的餐廳也要避免穿越太多小巷，或者要繞過垃圾場都是大忌。

③ 選擇靠窗座位讓彼此心情都平穩，讓女孩主導點菜權也不錯，還可以藉機觀察她喜歡吃什麼。

約會の人和

人和的意思就是在言語交流上達到彼此和諧，這很需要智慧。如果真的難以忍受，或是很難聊下去，不論對方外表有多帥多美，都不要勉強彼此。這世上人這麼多，總有一個適合自己的人，或是放寬心，把眼光放向國際，也許你的另外一半根本不在台灣。

※ 以上純屬趣味，請勿認真服用 ※

※ 備註：以上內容綜合自我所讀過的命理書籍，我和這些書的緣分很奇特，某次我在國家圖書館隨手翻閱其中一兩本，因為太過有感，便突發奇想畫下了這些幽默插圖，順道也整理出一系列經由我重新詮釋，甚至曲解過的命理筆記。如果有興趣想深入了解「正宗命理分析」的讀者，請直接去找以下諸位老師的書來讀。

- 李建軍，2012，《桃花桃花就要招好桃花》，台北：人類智庫。
- 華月，2011，《最簡單的桃花旺運製造術》，台北：菁品文化。
- 林進來，2006，《寫給女人的風水書：愛情．人緣．健康．事業．財運》，台北：方智叢書。
- LIBERALSYA，2014/2014，《女子風水手帖》，嚴可婷譯，台北：時報出版。
- 曼樺，2009，《一定招來好桃花》，新北：腳丫文化。
- 余雪鴻，2002，《面相學與桃花運》，高雄：水月文化。
- 歐陽琪，1999，《這種面相的女人，你不能不防！如何從面相看出女人的壞心眼》，台北：未知館文化。

辭

★☆★☆★

這本書之所以能誕生首先要感謝它的前身《螢光粉紅救世之道》碩士創作論述，當時我的指導教授張正仁老師，在我第一版碩論寫作過程中就對我要求甚高，整整打掉了三次重來，好在有他的苦口婆心，今天才有了這本書的基礎，讓我能夠繼續無限延伸。至於能順利出版則要歸功於精明的（？？？？）編輯先生的不斷鞭策（煩），他的出現宛如將我帶我回中學時代的作文課，小火慢搧，一字一句看我到底寫了什麼，而且必須是正常人能看得懂的語言。

過程中，我花了整整半年時間重新整理文字和配圖，幾乎完全荒廢其他系列的創作，導致與對我愛護有加的「十方藝廊」董沂媗總監aka Julia女士的關係一度陷入緊張，我要感謝她對我無限的體諒與包容；還有「十方藝廊」的萬能行政小姐吳筱婷，她在我最焦躁沒信心時陪我說垃圾話。

我還要感謝那些認為我停滯太久，並且閒言閒語開始Diss我的人們，他們說「倪瑞宏！妳仙女是要當一輩子嗎!?」這些話我都聽進去了，嗚嗚嗚～～如果神格可以升級到「臨水夫人」我當然也想，但先讓我過了這關再說吧！

OK，以下是書中各篇章我要感恩的對象：

第一部分要感謝我母親對小孩的教育如此細心，長期給孩子們聽《漢聲中國童話》，將仙女神話的概念完美植入我的心靈，導致長大後依然執迷不悟。第二部分有關「蓬萊仙山」電視台的傳說部分，必須感謝網友柯武村先生，他幫我和電視台創辦人莊添光之子小莊先生聯繫上，很感謝小莊先生無私地分享他的家族史讓我知道，我也要感謝那次載我去訪談的高雄摯友盧姵岑與陳俊宇學長。此外，我還要感謝熱

謝

情邀請我參加「山東團」的寤蘭阿姨，請原諒我在參訪過程中不斷白目一直給大家添麻煩。

第三部分要感謝大學的思想啓蒙龔儀昭老師，感謝他珍藏我當年手寫與空姐有關的期末報告原件，在這緊急時刻能隨時調閱為我的寫作情境加分不少，謝謝老師！第四部分還是要再次感謝P先生，雖然我們都已在各自人生道路上，還是感謝你的相伴，繆思就是繆思。「酒店小姐」單元要感謝美女攝影師Su Misu和我一起討論當時的心理狀態，還有我的保姆士先生。

附錄部分首先要感謝「孖空間」負責人游純真女士，2018年她協助舉辦了「仙女進香團」，我們一起去參訪新竹仙女廟，拜會了知名廟宇繪師廖老師；接著要感謝台中大甲《西靈宮》的主持黃彩鳳師姑，她提供我寶貴的七仙女文史資料，讓我寫作能更順暢；以及臨時被我召喚去台南《開隆宮》拍照的陳佳好女士，謝謝妳無懼豔陽高溫幫了我這個忙。

我還要感謝寫作期間體諒我精神錯亂而無法赴約的朋友們，謝謝函潔、定盛、君燁、郁仁、景棠幫我看原稿文字，並給予我中肯的建議。這本書還有好多美麗的照片，感謝以下朋友們的照片支持：邱子晏、倪祥、張卉欣、林郁晉、劉兆慈、張妤、皮承叡、任慕懷、Hedy、Ryan，謝謝你們幫我拍攝美照，又不計麻煩繼續幫助我完成這本書。感謝我的家人不時在群組與週末聚會時提供我精神的支持，那些豐沛的食物讓我覺得自己沒那麼寂寞，還有幫我看錯字的父親，以及不時會在Line叮嚀我要站起來動一下的母親。

最後，感謝每次寫完都當我第一個讀者的盧國榮先生，看著你讀完然後跟我說寫得其實不太糟的時候，都讓我比較心安，謝謝你這段期間的陪伴。

仙女日常奇緣 / 倪瑞宏 著.
-- 初版. -- 臺北市 : 大塊文化, 2020.08
384 面;13.5×21 公分. -- (catch ; 257)
ISBN 978-986-5406-84-4 (平裝)

1. 藝術
863.55 109007167

作者 倪瑞宏 / 主編 CHIENWEI WANG / 校對 簡淑媛 / 設計 平面室 / 總編輯 湯皓全 / 出版者 大塊文化出版股份有限公司 / 10550 台北市南京東路四段 25 號 11 樓 www.locuspublishing.com / 讀者服務專線 0800-006689 / TEL (02) 87123898 FAX (02) 87123897 / 郵撥帳號 18955675 / 戶名 大塊文化出版股份有限公司 / E-MAIL locus@locuspublishing.com / 法律顧問 董安丹律師、顧慕堯律師 / 總經銷 大和書報圖書股份有限公司 / 地址 新北市新莊區五工五路 2 號 / TEL (02) 89902588 (代表號) FAX (02) 22901658 / 製版 中原造像股份有限公司 / 初版一刷 2020 年 8 月

定價 新台幣 499 元
ISBN 978-986-5406-84-4